Diogenes Taschenbuch 20995

de
te
be

Werkausgabe

Band 27

William Faulkner

New Orleans

Skizzen und Erzählungen

Aus dem Amerikanischen
von Arno Schmidt

Mit einem Vorwort von
Carvel Collins

Diogenes

Titel der amerikanischen Originalausgabe:
›New Orleans Sketches‹

Lizenzausgabe mit freundlicher Genehmigung
Umschlagzeichnung von
Tomi Ungerer

Veröffentlicht als Diogenes Taschenbuch, 1982

40/91/8/2
ISBN 3 257 20995 9

INHALT

ZU DIESEN SKIZZEN

1925, im Alter von Siebenundzwanzig Jahren, begann William Faulkner, der bis zu diesem Zeitpunkt fast ausschließlich lyrischer Dichter gewesen war, Prosa zu schreiben. Im Laufe jenes Jahres, während dessen er sechs Monate in New Orleans lebte, lieferte er unter seinem Namen insgesamt 16 Erzählungen und Skizzen für die sonntägliche Unterhaltungsbeilage der New Orleaner *Times-Picayune*. Die Stücke besitzen ihr eigenes Interesse; deshalb war ich begeistert, als ich – genau ein Vierteljahrhundert nach ihrem ersten Erscheinen – in den alten Registraturen der *Picayune* zufällig auf sie stieß; und Herrn George W. Healy junior, dem verantwortlichen Herausgeber der *Times-Picayune* aufrichtig dankbar, der auf der Stelle seine Einwilligung zu einem Neudruck gab.

Aber noch bevor das verwirklicht werden konnte, hatte auch die Leitung der *Faulkner-Studien* Wind von der Existenz von 11 dieser 16 Stücke bekommen, und diese 1953 unter dem Titel *Aus dem Gesellschaftsleben von Chartres Street / von William Faulkner* herausgebracht. 1955 wiederum ließen dieselben Herausgeber, nachdem sie auf zwei weitere *Picayune*-Skizzen vom gleichen Typ hingewiesen worden waren, ein zusätzliches Bändchen, *Eifersucht und Episode / Zwei Erzählungen von William Faulkner*, erscheinen; womit dann also in zwei Bänden 13 Skizzen im Druck wieder vorlagen. Dennoch blieben trotz dieser Veröffentlichungen 3 umfangreiche Geschichten, seinerzeit unter Faulkners vollem Namen erschienen, auch weiterhin im alten Jahrgang 1925 der *Picayune* begraben; und überdies wiesen jene Neudrucke zahlreiche Flüchtigkeitsfehler, sowie Auslassungen oder eigenmächtige Zusätze auf. Demnach erscheint es durchaus angebracht, nunmehr einmal sämtliche sechzehn Skizzen, mit gesichertem Text, in einem Bande vereint vorzulegen. Darüber hinaus erfaßt das vorliegende Buch auch noch »*New Orleans*«, jene Gruppe von Kurz-Skizzen, die Faulkner 1925 in der Januar-Februar Nummer des *Double Dealer*, der literarischen Zeitschrift New Orleans', veröffentlicht hat.

Als William Faulkner 1925 in New Orleans eintraf, war eben eine Etappe seines Lebens zuende gegangen. Drei Jahre vorher war er von New York nach Hause gekommen, um an der Mississippi-Universität die Stelle des provisorischen Leiters der Postabteilung anzutreten. Am 3. Dezember 1921 legte er die amtliche Postmeisterprüfung ab; im anschließenden Frühjahr wurde er planmäßiger ›Postmeister‹ und hatte diese Stellung inne, bis er am 31. Oktober 1924 von sich aus kündigte. Das Ganze war keine angenehme Erinnerung für ihn; wie er denn auch, unmittelbar nach seinem Abgang, die seitdem berühmt gewordene Äußerung getan hat, von der »Erleichterung, endlich nicht mehr springen zu müssen, sobald es jedem Besitzer von 2 Cents beliebt« – die Portosätze waren damals noch wesentlich niedriger. Ebenso erfreut schien er zu sein, nunmehr dem Schreiben die gebührende Zeit widmen zu können – frei zu sein im Freien, wie er es am Tage nach der Entlassung einem Freunde gegenüber ausdrückte; der Farbigkeit des Lebens zuschauen und bei der Pfeife und einem Blatt Papier träumen und schreiben zu können. Auch hatte er in seinen Kommentaren jenem Freunde gegenüber hinzugesetzt, daß er nicht länger mehr gesonnen sei, sich von Uhren oder dem täglichen Rundtrab einer konventionellen Betätigung regieren zu lassen.

Ein anderer Freund, Phil Stone, weiß sich zu erinnern, daß Faulkner vor jener Postamtszeit nicht nur nach New York gegangen war, um die Kunst des Graphikers zu erlernen; sondern eher noch, um Verlegern nahe zu sein, die vielleicht seine Gedichte bringen möchten. Jetzt, nach Beendigung seiner postalischen Laufbahn, hatte er anscheinend beschlossen, nach Europa zu gehen; möglicherweise, wie auch Phil Stone andeutet, nach der alten Regel, daß der beste Weg, um in den Vereinigten Staaten literarisch anerkannt zu werden, der ist, es zuvor im Ausland zu sein – eine Maxime, die sich bereits im Fall Robert Frost bewährt hatte; und die späterhin auch Faulkner in einer Art zugute kommen sollte, an die damals kein Mensch gedacht hätte.

Ein weiterer seiner Beweggründe, sich anderen Selbstvertriebenen in Europa anzuschließen, mag seine Abneigung gegen die literarischen Zustände Amerikas gewesen sein; denn in einem Essay, der unmittelbar nach seinem Eintreffen in New Orleans in dem dortigen *Double Dealer* erschien, spricht er sich scharf genug darüber aus:

»Der amerikanische Kritiker betrachtet das seiner Begutachtung vorgelegte Stück wie ein Instrument, auf dem er verzwickte Harpeggios von Gescheitheiten vortragen müsse – das ist eine so primanerhafte, so unfruchtbare Einstellung ...«

Um wie Vieles besser als in Amerika wird dergleichen in England gemacht! Natürlich gibt es auch in Amerika Kritiker von gleicher Bildung und gleichem Geschmack, die ebenso gesund und tolerant denken; aber sie werden, bis auf ganz wenige Ausnahmen, nicht anerkannt: die großen Zeitschriften, die den Ton angeben, ignorieren sie einfach; beziehungsweise sie ingnorieren die Zeitschriften, und leben, weil sie unsere Zustände als untragbar empfinden, im Ausland. In einer der jüngsten Nummern der »Saturday Review« bespricht Gerald Gould den »Hidden Player« von Alfred Noyes, und sagt dort: »Die Leute reden nicht so untereinander... Man kann nicht einfach die Alltagssprache vom Alltagsmenschen wörtlich festhalten; das wäre im Allgemeinen viel zu langweilig... das bloße unverarbeitete Detail zu servieren ist ein Irrweg und der Tod der Kunst.« Hier haben wir das Muster einer Kritik: so gerecht und klar und erschöpfend, daß nichts weiter zu sagen bleibt. Eine Kritik, die nicht nur das Publikum, sondern ebensowohl der Autor, mit Nutzen lesen kann. Aber welcher amerikanische Kritiker würde wohl nun hier stehen bleiben?... Die englische Besprechung rezensiert das Buch, die amerikanische den Autor. Der amerikanische Kritiker unterschiebt dem Lesepublikum das Zerrbild eines gehobenen Possenreißers, in dessen Schatten die Titel von allerlei unaufgeschnittenen Büchern undeutlich herumlungern. Dabei, wenn zwei Gewerbe existieren, in denen es keine berufliche Eifersucht geben sollte, so sind dies doch wahrlich Prostitution und Schriftstellerei.

Aber was auch immer seine Beweggründe gewesen sein mögen, Faulkner scheint beim Abgang von Oxford unmißverständlich erklärt zu haben, daß er die Staaten verlassen werde; denn am 5. Dezember 1924 weiß der Verfasser eines rustikalen Ulkbriefes in der betreffenden Nummer der Studentenzeitung der Mississippi-Universität zu sagen, daß Faulkner »'s Postamt an'n Nagel gehängt hat... es geht das Gerücht, daß Bill sich auf irgendein Tropeneiland zurückziehen, und, gelagert in süß duftendem Akazienlaub und umschlungen von Kürbisranken, von dort aus die arme ratlose Welt mit Sonetten beschenken werde, aus denen kein Mensch mehr schlau wird.« Die Zeitung der Stadt formulierte es nüchterner so: »Man hat mehrfach gehört, daß Mr. Faulkner in naher Zukunft ins Ausland zu reisen gedenkt.« Ein weiterer zusätzlicher Beleg gegen die gelegentlich geäußerte Ansicht, Faulkner sei nach New Orleans gegangen, um sich der literarischen Gruppe um Sherwood Anderson anzuschließen, ergibt sich aus John McClure's Besprechung des *Marmorfauns*, die fast zum gleichen Zeitpunkt für die *Picayune* geschrieben wurde, als Faulkner in New Orleans eintraf: »Der Rezensent glaubt, daß Mr. Faulkner das Höchste verspricht. Seine Abreise nach Europa steht unmittelbar bevor.«

Aber Faulkner verschob seine Einschiffung, mietete sich im Vieux Carré ein und begann, nahezu auf der Stelle, die Skizzen und Erzählungen zu schreiben, die hier wieder vorgelegt werden. Lediglich zweimal hatte er zuvor Prosastücke veröffentlicht – 1 Erzählung, und 1 ganz kurze Skizze, beide für die Studentenzeitung der Mississippi-Universität. Auch im Bühnenspiel hatte er seine Hand versucht, in mindestens 1 Stück für die Studentenbühne; und weiterhin in den *Marionetten*, die er im Lauf des Jahres 1920 »herausgebracht« hatte, indem er die Heftchen mit der Hand setzte, sie in der Art von Beardsley geschickt illustrierte und dann an einige wenige Freunde verschenkte. Auch hatte er eine große Menge Lyrik geschrieben, wovon 1 Gedicht 1919 in der *New Republic* erschienen war; 1 weiteres 1922 im *Double Dealer;* und zahlreiche andere in der Zeitung und den Jahrbüchern der Mississippi-Universität. Einen Gedichtband, mit dem Titel *Ein grüner Zweig*, hatte er zusammengestellt, der jedoch erst ein Jahrzehnt später erscheinen sollte; und außerdem war gerade eben, zu Ende 1924, sein erster Gedichtband *Der Marmorfaun* erschienen, mit einer Einleitung von Phil Stone.

Obgleich er nun zwangsläufig eine gewisse Enttäuschung empfunden haben muß, daß seiner Dichtung keine weiter greifende Publizität zuteil wurde, behielt er doch seinen Sinn für Humor: als die *New Republic*, die den »Apres-Midi d'un

Faune« gebracht hatte, weitere Gedichte zurücksandte, legten Faulkner und Stone, um des puren Witzes willen, als nächstes ein Gedicht von Johne Clare vor, ohne den Verfasser zu nennen. Nachdem auch das abgelehnt worden war, sandten sie schlankweg »Kublai Khan« ein und waren nicht wenig amüsiert, als der Redakteur auch das zurückwies und in seinem Anschreiben sagte: es gefiele ihm an sich gut, Mr. Coleridge; aber man würde nicht ganz schlau, worauf es eigentlich hinaus wolle.

Faulkners Dichtung, ob veröffentlicht oder unveröffentlicht, und auch seine frühen kritischen Essays zeigen deutlich, wie sehr ihn, unter Anderen, die Werke von Shelley, Keats, Verlaine, Housman, Eliot, Pound – und vor allem Swinburne beschäftigt hatten, den er in einer Besprechung für die Studentenzeitung als »ein Gemisch aus leidenschaftlichster Anbetung der Schönheit, und einer nicht minder leidenschaftlichen Verzweiflung, sowie Abscheu vor ihren irdischen Manifestationen und deren Beiwerk, unter dem sie beim menschlichen Geschlecht auftritt« bezeichnet hatte. Aus anderen Rezensionen, die er für jene Studentenzeitung verfaßte, geht sowohl seine Bewunderung für Conrad Aiken hervor – »ein Wolkenriß, aus dem echtes Himmelsblau dringt« – als auch seine Mißbilligung von Lyrikern wie Vachel Lindsay und Carl Sandburg. Mit Hinsicht auf Amy Lowell heißt es 1921, daß sie sich »in einer polyfonischen Prosa versucht, die trotz der Tatsache, daß ihr dabei einige entzückende Statuettchen, glatt wie aus Glas geblasen, gelungen sind, es sich eben dennoch, literarisch betrachtet, um eine ›Blähung‹ handelt; und da sitzt sie nun, das Schreibrohr noch in der Hand, und starrt in naivem Staunen auf die Stelle im Äther, wo ihre Seifenblasen geplatzt sind.«

Durch die Veröffentlichung seines Gedichtes »Porträt«, das

der *Double Dealer* 1922 gebracht hatte, war der erste Kontakt Faulkners mit dem literarischen Leben New Orleans' hergestellt. Als er nun 1925 persönlich in der Stadt eintraf, erkannte er, daß die Redaktion dieser Zeitschrift in dem alten Haus in der Baronne Street Nummer 204 einen der Brennpunkte für die literarisch Interessierten der Stadt bildete. Und in einem der Redakteure fand er den Mann, der ihm lange Jahre hindurch aktiver Förderer und naher Freund werden sollte: John McClure, dessen bemerkenswert verständnisvolle Buchbesprechungen eines der charakteristischen Kennzeichen des *Double Dealer* bildeten und dessen Beitragsreihe »Literatur – und weniger« in den Spalten der Sonntagsbeilage der *Picayune* diese mit Abstand vor allen amerikanischen Blättern, die überhaupt Buchseiten brachten, führend sein ließ. Im Januar 1921 hatten McClure, Julius Friend, Albert Goldstein und Basil Thompson den *Double Dealer* gegründet. Die geschäftliche Leitung übernahm bald Lillian Friend Marcus, die freundlicherweise ihre Einwilligung gegeben hat, Faulkners »New Orleans« in den vorliegenden Band aufzunehmen. Zu den Mitarbeitern der Zeitschrift gehörten Sherwood Anderson, Hart Crane, John Crowe Ransom, Djuna Barnes, Robert Penn Warren, Maxwell Bodenheim, Carl van Vechten, Hamilton Basso, Donald Davidson, James Feibleman, Mark van Doren, Ezra Pound, Malcolm Cowley, Howard Mumford Jones, Thornton Wilder, Allen Tate und Edmund Wilson. Und ein Umstand, der jene frühen Redakteure und Herausgeber des *Double Dealer* mit berechtigtem Stolze erfüllt, ist, daß sie zu den Ersten gehörten, die sowohl den jungen Hemingway als auch Faulkner gebracht haben – so früh tatsächlich, daß, als im Mai 1922 eine Skizze von Hemingway erschien, die Zeitschrift in ihren Notizen über die Mitarbeiter von ihm noch schreiben konnte: »Bei Ernest M. Hemingway handelt es sich um einen jungen amerikanischen Autor, der in Paris lebt und sich der Gunst Ezra Pounds erfreut. Er hofft, binnen kurzem einen Band Gedichte herauszubringen.«

Einer der Begründer des Double Dealer, Albert Goldstein, hat daran erinnert, daß die Zeitschrift damals nicht nur aufgezogen wurde, um neue Talente vorzustellen und zu ermutigen; sondern auch zu dem Zweck, H. L. Mencken die Irrigkeit seiner Behauptung zu Gemüte zu führen, daß die Südstaaten ohne Kultur seien. Und auch darauf konnte Goldstein hinweisen, daß die Zeitschrift beide Missionen erfüllt hat; denn in den sechs Jahren ihres Bestehens konnte sie eben nicht nur eine ganz erstaunliche Liste an »Erstdrucken« neuer Autoren vorweisen, sondern vermochte auch Mencken ausreichend zu beeindrucken, daß er im *Smart Set* über den *Double Dealer* urteilte: diese Zeitschrift sei dabei, die Erlösung des Südens aus seinem kulturellen Sumpf zu bewirken.

Eine Durchsicht des *Double Dealer* läßt rasch erkennen, daß die mit seiner Leitung Betrauten – mit denen sich also William Faulkner in jenen Monaten des Jahres 1925 liierte und ebenso späterhin wieder, als er 1926 nach New Orleans zurückkehrte – daß diese Betreffenden sich der intellektuellen und ästhetischen Strömungen der zwanziger Jahre, die für die amerikanische Literatur so bedeutsam geworden sind, völlig bewußt waren. Und mit der heutigen Kenntnis dessen, was Faulkner in späteren Jahren geschrieben hat, ist es reizvoll, Basil Thompsons profetischen Artikel nachzulesen, der zuerst 1921 und dann noch einmal in einer Gedächtnisnummer von 1924 erschienen ist, und in dem es, wie wenn Mr. Thompson Faulkners Laufbahn vorhergeahnt hätte, wörtlich heißt:

Es ist unserer Ansicht nach hohe Zeit, daß den feucht dünstenden Marschen südstaatlicher Literatur endlich, rüstig, beherzt und klaren Blicks der große Schreibende erstehe...

Es kann schwerlich nur eitle Einbildung sein, die Behauptung zu wagen, daß jetzt, hier, zu dieser Stunde, mitten unter uns, ein Sherwood Anderson des Südens, ein weniger weitschweifiger Sinclair Lewis, bereits im Verborgenen existiert... Hunderte unserer kleineren Städte in Alabama, Mississippi und Louisiana brodeln ja förmlich über von Materialien für Geschichten aller Art... Der berufene »südliche« Roman alten Schlages, um des lieben Brotes willen hastig zusammengeschmiert, muß aufhören – all diese ewigen Lynch-Kommittees, Klein-Eva, Kentucky-Colonel, und die nichtsnutzig-schönen Quadronen – eine klarere, gesündere, männlichere, unsentimentalere Literatur hat zu erscheinen. Und allen Anzeichen nach steht die Reaktion auch bereits dicht vor der Tür.

Die einwandfrei größte Celebrität in dem, was Faulkner seitdem als »unsern kleinen New Orleanser Zirkel« bezeichnet hat, war Sherwood Anderson. Schon Anfang 1922 hatte er sich kurz in New Orleans aufgehalten, sich ein Zimmer im Französischen Viertel gemietet und verkündet, daß er nach New Orleans gekommen sei, »weil in dieser Stadt der *Double Dealer* erscheint; und vor allem weil ich an ihrer ganzen Art zu leben das schätze, was mir die Basis aller Kultur überhaupt dünkt.« Und hatte anschließend, in demselben Artikel, andere Künstler aufgefordert, gleichfalls nach New Orleans überzusiedeln:

...ich wende mich an diese meine Geistesgenossen. Erzählen will ich ihnen von langen ruhevollen Abendgängen auf der Levée, durch unemsigere Teile der Stadt, wo die Masten alter ausgedienter Schiffe in den verdämmernden Himmel ragen. In diesen Straßen und Gassen ist der Schritt der Menschen gemächlicher... Ich halte unveränderlich an meiner These fest, daß Kultur vor allem anderen zunächst einmal den Genuß des Lebens bedeutet, also Muße, und den Sinn für Muße. Kultur bedeutet Zeit haben für das Spiel der Imagination mit den Tatsachen des Lebens; bedeutet Muße, um mit Vitalität die wahrhaft ernsten Dinge ernstlich zu behandeln; bedeutet endlich den hinter das Leben zu stellenden Rundumhorizont aus Freude, vor dem sich der ermüdete Geist erfrischen kann.

In einer Zivilisation, wo man der nackten Tatsache immer mehr den Vorrang einräumt und dafür das Weben der Imagination immer weiter zurückdrängt, wird sich letztlich das ergeben, was wir heute schon in Stadtschaften vom Typ Pittsburg oder Chicago vor Augen sehen.

Wenn aber die Tatsachen auf den zweiten Platz verwiesen werden, *hinter* das Bestreben zu lieben, zu leben und das Dasein zu begreifen; dann könnte es sein, daß allmählich immer mehr amerikanische Städte einen lokalen Zauber gewinnen, wie man ihn jetzt etwa in den älteren Teilen von New Orleans antrifft.

Im Sommer 1924 dann, nach seiner Heirat mit Elisabeth Prall, war Anderson nach New Orleans zurückgekehrt und hatte sich, wie für die Dauer, im Französischen Viertel niedergelassen. Und als Faulkner gegen Ende 1924 der Stadt einen Besuch abstattete, war seine Hauptabsicht dabei anscheinend der Umgang mit Anderson gewesen. Die Bekanntschaft wird dadurch erleichtert worden sein, daß Faulkner schon früher in New York Frau Anderson kennen gelernt hatte, als er in einer Buchhandlung für sie arbeitete. Einer seiner Freunde gibt an, daß der Wunsch nach Andersons Bekanntschaft unmittelbar nach der Lektüre von *Pferde und Männer*, das Anderson 1923 veröffentlicht hatte, in Faulkner rege wurde; und während der Fahrt nach New Orleans soll Faulkner eben jenem Freunde erklärt haben, daß er »Bin ich ein Hanswurst!« durchaus als ebenbürtig neben Conrads *Herz aus Finsternis* stelle: das wären die beiden schönsten Geschichten, die er je gelesen hätte.

Faulkner seinerseits hat anscheinend ebenfalls sofort Eindruck auf Anderson gemacht – vorausgesetzt man teile die Ansicht, daß einigen Partien von Andersons Stück mit dem Titel »Eine Begegnung im Süden«, das er nach seinen Angaben 1924 geschrieben und im April 25 veröffentlicht hat, die erste Begegnung der Beiden zugrunde liege. Und auch Faulkner war, wie er unmittelbar danach in dem Artikel eines Texaner Blattes betonte, sogleich von Andersons volkhafter Echtheit beeindruckt; daß Jener so ganz »Amerikaner wäre; ja, mehr noch: ein Mann aus dem Mittleren Westen, von bäuerlicher Herkunft... ein Mann wie ein weites Maisfeld, in dem es von Geschichten nur so rauscht und dem eine Zunge ward, sie zu erzählen.« Als Anderson dann im März 1925, nach einer zweimonatigen Vorlesungs-Tournee wieder nach New Orleans zurückgekehrt war, verbrachten die beiden Männer einen guten Teil ihrer Zeit miteinander; durchschlenderten die Altstadt, bummelten den Mississippi entlang oder saßen in Cafés und im Jackson Park herum. Einmal wurde auch, wie Faulkner erzählt, ein kürzerer Ausflug mit einem Flußdampfer unternommen; und mehrfach schlossen sie sich Segelbootfahrten auf dem Lake Pontchartrain an, die dereinst Material für Faulkners Roman *Moskitos* liefern sollten, in dem Anderson als Dawson Fairchild figuriert.

Beide haben in späterer Zeit übereinstimmend angegeben, wie ihr damaliger Umgang miteinander der Anlaß für Faulkner gewesen sei, sich endgültig der Prosa zuzuwenden und daß es Anderson war, der Faulkners ersten Roman, *Soldaten-*

lohn, bei Boni & Liveright untergebracht hat. 1929 widmete Faulkner dann seinen Roman *Sartoris*, »SHERWOOD ANDERSON / *dessen freundlichen Bemühungen ich meine erste Veröffentlichung verdanke; / in der Hoffnung, daß dieses Buch ihm keinen Grund geben möge, den Umstand je zu bedauern.*«

Nach 1926 war Anderson dann verärgert, sowohl ob Hemingways *Sturmfluten des Frühlings* in dem er parodiert wurde, als auch wegen der milderen Verulkung durch Faulkner in der Einleitung zu *Sherwood Anderson & andere berühmte Creolen.* Aber trotz dieser Reaktion auf jene Parodien hat Anderson bis zu seinem Lebensende keinerlei Äußerung des Bedauerns darüber getan, Faulkners frühe Schriften derart tatkräftig gefördert zu haben. Im Gegenteil; er erklärte Liveright, daß Faulkner eine große Zukunft hätte; er schrieb an Maxwell Perkins, daß die Erzählungen Hemingways und Faulkners ihn »im besten Sinne aufregten«; er beteuerte seinem Freund Roger Sergel, daß weder Faulkner noch Hemingway »Geist oder Imagination verkauft hätten«; 1935 schrieb er, daß »Stark Young und Leute seines Schlages« den »unterdrückten, unwissenden, bibelhörigen, weißen Süden« vom Typ Huey Long einfach ignorierten, wogegen »Faulkner die Schilderung zuweilen wirklich gelingt«; im gleichen Jahre führte er Faulkner und Hemingway unter denjenigen Berufs-Schriftstellern auf, die es, und mit Recht, von sich wissen, daß sie »wahre« Schriftsteller sind; und 1937 endlich schrieb er, daß Faulkner, ebenso wie Wolfe, »zwar gelegentlich die fürchterlichsten Ereignisse schildern können, dem Leser aber dennoch stets das Gefühl einer tief innerlichen Sympathie mit dem Leben als solchem erhalten bleibt.«

Faulkner hat bestätigt, daß »jene unselige Karikaturen-Geschichte« wie er es später nannte, in *Sherwood Anderson & andere berühmte Creolen* dahin geführt hat, daß Anderson es auf Jahre hinaus ablehnte, ihn wiederzusehen. Sie haben sich anscheinend nur noch ganz wenige Male getroffen: bei einer Cocktail-Party in New York, wo Faulkner einmal mehr zum Bewußtsein kam, daß Anderson »ein Riese sei; auf einer Erde, die großenteils – allzu-großenteils – von Zwergen bevölkert ist«. Dann auf einer kurzen Schriftstellertagung in Virginia 1931, wo sie im Gedränge der anderen Anwesenden schwerlich groß zusammengekommen sein werden und wo die Skala der Celebritäten von Ellen Glasgow, James Branch Cabell und John Peale Bishop bis hinunter zur Verfasserin von *Missis Wiggs und ihr Kohlgärtchen* reichte. 1937, als das Algonquin noch ein Treffpunkt für New Yorker Künstler war, sind sie sich auch dort 1 oder 2 Mal begegnet. Und 1940 endlich, kurz vor seinem Tode, hat Anderson noch für die Gotham Book Marts sein *Wir Modernen* geschrieben, einen knappen Bericht über seine Beziehungen zu Faulkner in New Orleans, worin er an Faulkner mehr preist als nur dessen Stoffe, vielmehr von ihm sagt, daß er »ein großer Geschichtenerzähler ist; aber auch noch etwas mehr. Der Mann ist, was man im Süden ausdrücken will, wenn man Jemanden mit dem Wort ›gentle‹ bezeichnet. Und er ist es immer. Das Leben mag zu Zeiten maßlos vulgär sein – Bill ist es nie.«

Sherwood Anderson & andere berühmte Creolen, in dem sich Faulkners geschickte Parodie von Andersons warmer, volkstümlicher, zuweilen etwas polternder Schreibart befindet, war das Ergebnis der Zusammenarbeit zwischen Faulkner und dem Maler William Spratling, dessen auch in den *Picayune*-Skizzen, die hier wieder zum Abdruck kommen, mehrfach Erwähnung getan wird. Spratling war damals Dozent für Architektur an der Tulane-Universität; heute lebt er in Taxco, wo er der Beauftragte für die Wiedererweckung des eingeborenen Kunsthandwerks ist. Er wohnte damals im Französischen Viertel, in einem Oberstock des gleichen Gebäudes, in dem sich Faulkner während des größten Teils seines Aufenthaltes im Jahre 1925 ein Zimmer im Erdgeschoß gemietet hatte – es war Orleans Alley, Nummer 624; jene malerische Straße, die hinter der St. Louis Kathedrale an den hübschen weiten Grünanlagen entlangläuft und die neuerdings, um des lieben Touristenverkehrs willen, »Piraten Allee« heißen muß. Spratling kann sich erinnern – wie übrigens auch Frau John McClure, die damals in einem anderen Stockwerk des nämlichen Hauses wohnte – daß man Faulkner gewöhnlich schon von den frühesten Morgenstunden an beim Schreiben antraf, und zwar mit Volldampf. In der *Picayune*-Skizze betitelt »Geburtsort Nazareth« führt Faulkner Spratling mit Namen an, als seinen Gefährten auf einem Spaziergang durchs »Viertel«; und bezeichnet ihn dabei als Einen, »dessen Hand von Natur zum Erfassen eines Pinsels geformt ist, was der meinigen [leider!] abgeht.« Faulkner hatte sich nämlich lange Zeit für Zeichnen und Malen interessiert, und die Skizzen zu seinem Spiel *Marionetten* zeigten die gleiche unverkennbare Veranlagung wie die zahlreichen Zeichnungen für die Jahrbücher der Mississippi-Universität und für ein Witzblatt; auch spricht sich in den Aquarellen, die seinen noch unveröffentlichten *Maientag* begleiten, ein feines Gefühl für Farbigkeit aus. Aber der Ehrgeiz, sich als Künstler dem Grafikerberuf zu widmen, war für Faulkner abgetan: denn nicht nur heißt es in »Geburtsort Nazareth« von Spratlings Hand, daß die Natur sie »zum Erfassen eines Pinsels« geformt hatte; sonder von sich selbst weiß er auch schon, »Worte sind mein Speis' und Trank«.

Um diese ihre Begabungen einmal zusammenzutun, verfaßten Spratling und Faulkner 1926 in Gemeinschaftsarbeit besagtes *Sherwood Anderson & andere berühmte Creolen.* Im voraufgegangenen Jahr hatte Miguel Covarrubias sein *Der Prinz von Wales und andere berühmte Amerikaner* veröffentlicht, einen Band mit den Karikaturen amerikanischer Tagesberühmtheiten. Und »*Für Miguel Covarrubias, in Achtung und Verehrung*« entwarf nunmehr Spratling für *Sherwood Anderson & andere berühmte Creolen* die karikierten Porträts von 41 Mitgliedern der künstlerischen und literarischen Zirkel von New Orleans. Als Erster kam Sherwood Anderson; weiterhin erschienen Roark Bradford, damals einer der Redakteure der *Picayune;* John McClure, Lillian Marcus, und zwar in der Art einer Titelzeichnung für den Umschlag des *Double Dealer;* Hamilton Basso, der damals an der Tulane studierte; auch Lyle Saxon. Den Beschluß des Bandes bildete eine Karikatur von Spratling und Faulkner selbst, wie sie, wohlverproviantiert mit drei Weinkrügen, schreibend & zeichnend, am Fuß einer Mauer sitzen, von der herab ein großes Schild verkündet »Es lebe die Kunst«. Sie widmeten den Band »ALLEN LIST- UND KUNSTREICHEN DES FRANZÖSISCHEN VIERTELS«; und Spratling weiß sich noch zu erinnern, daß sie »ihren Freunden 400 Stück a 1 Dollar 50 andrehen konnten.«

Unter den Freunden, die das Buch vermutlich gekauft haben werden, war einer der auffälligsten ein Mann, von dem es heißt, daß er Faulkner in jenen New Orleaner Monaten fasziniert habe: Oberst Charles Glenn Collins. Er war Schotte von Geburt, und seine Unterhaltungsgabe und rückhaltlose Offenheit machten die Tage am Lake Pontchartrain, ob im Boot oder am Strand, für Faulkner und die übrigen Teilnehmer unterhaltsam. Sein Lebenslauf war ein einziges Auf und Ab von Abenteuern gewesen, wie sich aus dem Manuskript seiner Selbstbiografie, das mir die Familie freundlicherweise zur Verfügung gestellt hat, einwandfrei ergibt. Was speziell

New Orleans anbetrifft, so war die denkwürdigste Affäre erst kurz bevor Faulkner in der Stadt eintraf zu Ende gegangen: da der Oberst angeblich für 50 000 Dollar Juwelen in Bombay eingekauft, aber nicht bezahlt haben sollte, wurde er eine zeitlang im Gefängnis zu New Orleans in Untersuchungshaft festgehalten; während er, wie die New Orleanser Zeitung *Item* stolz berichtete, den bisher in der amerikanischen Geschichte längsten Kampf gegen die Auslieferung führte. Wenn man lokalen Anekdoten Glauben schenken darf, ereigneten sich während seiner Inhaftierung reizende Schnurren: die Schließer hatten ihn derartig schätzen gelernt, daß ihm von Zeit zu Zeit gestattet wurde, eine Segelyacht zu Kreuzfahrten auf dem Lake Pontchartrain zu mieten und dabei Alle aufs Scharmanteste zu unterhalten, die Schließer nicht minder als seine literarischen und Künstlerfreunde. Anfang 1924 dann war er von jeglicher Anklage frei gesprochen worden und kehrte wieder ins Französische Viertel zurück. Diesem Oberst scheint eine der Gestalten in *Moskitos* nachgebildet worden zu sein – was übrigens auch mit diversen anderen Mitgliedern jenes Literatenzirkels der Fall ist.

Es ist wahrscheinlich, daß einige Einzelzüge für den »Pete« der *Moskitos*, beziehungsweise für dessen älteren Bruder Joe, wie auch die erste Anregung für eine Figur der *Picayune*-Skizze »Landmäuse«, die hier zum ersten Mal wieder abgedruckt wird, auf Leben und Taten eines Mannes, »Slim« genannt, zurückgehen, der während der Jahre der »Trockenlegung« in den Künstlerkreisen des Viertels in gewissem Sinne verkehrte. Die New Orleanser *Item* hat, als »Slim« dann 1937 ermordert worden war, daran erinnert, daß »seine Verbindungen zu Schankstätten im Vieux Carré ihn in dieser Beziehung, wie man sagt, seinerzeit zu einem der bekanntesten Gesichter dort gemacht hatten.« Er war ein Mann, der unbedingt auffiel und auch William Faulkner Interesse abnötigte. Ein ehemaliger Reporter der *Picayune* berichtet, daß mehrere der in der Redaktion beschäftigten jungen Leute ihr Geld bei »Slim« deponierten, der es ihnen dann wieder in kleinen, regelmäßigen Beträgen zuteilte und ihnen dergestalt behilflich war, ihren finanziellen Verpflichtungen nachzukommen; denn lange mit ihm zu streiten oder Einwendungen zu machen, hätte sich Keiner erkühnt. Er hatte Theologie studiert, war sehr belesen, erledigte seine geschäftlichen Angelegenheiten ruhig unter der Hand und hat während seiner aktiven Laufbahn jegliches Aufsehen in der Presse zu vermeiden gewußt. Man munkelt, daß er vielfach Boote bei seinen diversen Transaktionen benützt hat; und es ist durchaus möglich, daß er es war, mit dem Faulkner, wie er gelegentlich geschildert hat, quer über den See in den Golf gefahren und dort, Lichter aus, beigedreht gelegen hat, bis die Patrouillenboote der Küstenpolizei vorbei waren.

Ein anderer der New Orleanser Bekannten war Roark Bradford, kaum 1 Jahr älter als Faulkner. Bradford bewunderte ihn, sowohl als Menschen wie auch als Künstler. Ein paar Jahre später, als Faulkner gewichtige Romane veröffentlicht hatte, verkündete Bradford bei seinen New Orleanser Freunden, daß er ihn für den größten amerikanischen Schriftsteller halte. Sie haben viele freie Stunden zusammen verbracht, und oft war John McClure, beider Freund, der Dritte im Bunde. Eines ihrer Lieblingsplätzchen war der Ecktisch eines Kaffeehauses in der Franklin Street, ganz dicht beim Kanal, wo Faulkner an den Melodien des begabten Klarinettisten Georgia Boy besondere Freude hatte. Von einem anderen Café, wo die Freunde einen Teil ihrer Zeit verbrachten, wird erzählt, daß der Eigentümer es gleichzeitig als Hauptbüro benützte, von wo aus er einen beträchtlichen Prozentsatz der lukrativsten Geschäfte des Viertels leitete; aber er tat es mit Anstand und im besten Stil, sodaß John McClure sich nicht erinnern kann, jemals irgendwo bessere Roquefort-Brötchen gegessen zu haben. Auch H. L. Mencken, der ein Bewunderer von McClure's Dichtungen und kritischen Arbeiten war und ihn immer wieder gedrängt hat, doch mehr zu veröffentlichen, stattete New Orleans zuweilen einen Besuch ab. Es heißt, daß Faulkner bei dergleichen Anlässen den größten Teil der Unterhaltung Andere bestreiten ließ – was nach Mr. George Tichenor, einem der damaligen Reporter der *Picayune*, auch der Fall war, wenn Faulkner seine Freunde in den Räumen der Redaktion besuchte. Tichenor erinnert sich, daß alle diese jungen Leute »ihren Stern bedeutender Größe in der Redaktionszentrale hatten, zu dem sie aufschauten. Da waren zu jener Zeit Roark Bradford, John McClure, Lyle Saxon, Gwen Bristow, ein kleiner Engländer namens Eddie Dix, der sich später als Lord inkognito entpuppte, und diverse andere närrische Fantasten; jedoch sämtlich begabt und schwungvoll. Dorothy Dix war zurückhaltend, aber kameradschaftlich.« Noch erinnert sich M. Tichenor, daß bei der *Picayune* eine kuriose Neigung herrschte, Militärs einzustellen; unter ihnen Einen, den verantwortlichen Herausgeber Oberst James Edmonds, der eine Vorliebe für Faulkner faßte, und den Plan, fortlaufend eine Reihe von Skizzen in dem Blatt zu veröffentlichen, begünstigt haben wird.

Ab 8. Februar 1925 begannen diese Skizzen in der *Picayune* zu erscheinen und werden vermutlich gemäß dem üblichen Satz von 15 bis 25 Dollar pro halbe Seite der Sonntagsbeilage honoriert worden sein. Es wird immer wieder darauf hingewiesen – und Faulkner selbst ist großzügig genug, solche Ansicht zu bestärken – daß Sherwood Anderson Derjenige gewesen sei, der Faulkner entscheidend dazu angeregt habe, sich der Prosa zuzuwenden; aber es ist doch sehr fraglich, ob die frühesten dieser Skizzen und Geschichten in der *Picayune*, wie auch die kurzen Stücke, die in der ersten Nummer des Jahres 1925 im *Double Dealer* erschienen, tatsächlich auf das tägliche Beispiel des Schriftstellers Sherwood Anderson zurückzuführen sein können; denn Anderson war gerade im Januar-Februar dieses Jahres abwesend von New Orleans. Aber was auch immer sie inspiriert haben mag, diese Skizzen und Erzählungen lassen bereits viel von den späteren Werken des reifen Faulkner vorausahnen. Und wie sich im Laufe des Jahres 1925 die Reihe immer erweiterte, begann sich Faulkner mehr und mehr seinen späteren Themenkreisen zu nähern, bis sich, gegen das Ende hin, sogar schon ein ganz charakteristisches Element seiner Stoffe darin ankündigte, daß er den ›Lügner‹ ins Hinterland verlegte, weit fort von New Orleans, vom Vieux Carré und Chartres Street.

Daß Faulkner sich als Titel für die erste seiner Skizzen, sowie als Untertitel für die meisten weiteren *Picayune*-Geschichten, ausgerechnet ›Aus dem Gesellschaftsleben von Chartres Street‹ aussuchte, ist zweifellos in ironischer Absicht geschehen. Hieß doch eine ständige Spalte der *Picayune*, in der ausgiebig über Männer des öffentlichen Lebens berichtet wurde, »Aus dem Washingtoner Gesellschaftsleben«; und außerdem war Harold Begbie's »Aus dem Gesellschaftsleben vom Downing Street«, mit seinen Schilderungen von Männern aus den höchsten Kreisen der britischen Regierung, gerade in jenen Wochen ungemein populär. Faulkners »Chartres Street« – so genannt nach einer der Hauptverkehrsadern des Französischen Viertels – spiegelt natürlich ganz andere Bevölkerungsschichten wider: gleich der Held der ersten Skizze ist ein verkrüppelter Bettler, und im Verlauf der Serie schließen sich so gewichtige Figuren dem Reigen an wie ein Bankräuber, Rennplatz-Schlepper, der krankhaft eifersüchtige Besitzer eines Restaurants, ein Jockey, Alkoholschmuggler, ein greiser Flickschuster, ein jugendlicher Strolch. Anstatt Männer von Einfluß und Vermögen zu sein, handelt es sich bei vielen der Gestalten in Faulkners Geschichten vielmehr um Fremdlinge; Fremdlinge entweder gegenüber dem amerikanischen Lebensstil überhaupt, wie zum Beispiel der Erzähler im »Flickschuster«; oder einen Fremdling im Stadtleben, wie den verstörten und geprellten Neger vom Lande des »Sonnenuntergang«'s. Seiner Achtung und Sympathie für solche Menschen verleiht der Autor gleich in dem ersten Stück dieser Reihe Ausdruck, wenn er den »ungebrochenen Geist« des verkrüppelten Bettlers preist und ihn mit Cäsar vergleicht, »der unter einem Schauer von Rosen den Triumphwagen besteigt.« Faulkner erkennt den Hunger dieser Menschen – nach Anerkennung, Liebe, Geltung, Würdigung – und macht daraus eines der Hauptthemen seiner Skizzen.

In gleicher Weise, wie Faulkner die Themen einiger der Mikro-Skizzen seines »New Orleans« aus dem *Double Dealer* zu den umfangreicheren Stücken für die Picayune auffüllte und interpolierte – es sei hier nur auf den »Flickschuster« verwiesen, oder auf »Frankie und Johnnie« – so hat er später zahlreiche dieser *Picayune*-Themen vergrößert und angereichert in die großen Romane übernommen. Die Erwähnung einer schwangeren Frau in »Geburtsort Nazareth« und ihres ruhigen Glaubens, daß die Natur schon für sie sorgen werde, nimmt die sieben Jahre spätere Lena Grove des *Licht im August* vorweg. Und die Betrachtung des gleichen Stückes, daß die Männer im Park »einsehen gelernt hatten, wie das Leben nicht nur nicht leidenschaftlich oder freudig erregt sei, sondern auch nicht einmal sonderlich kummervoll«, ist in kleinerem Maßstab bereits ein Vorgriff auf die Haltung, die in

Schall und Wahn Mr. Compson seinem Sohn Quentin gegenüber einnimmt. Die Singende Säge der »Heimat« sollte, freilich in weit symbolischerer Bedeutung, ebenso in *Schall und Wahn* wieder erscheinen, wie der Idiot mit den kornblumenblauen Augen, der umgeknickten Narzisse, dem Geblöke, und endlich seinem schweigenden Abgang in der Furiosen Schlußszene des »Reichs Gottes« zu dem noch ausführlicher und eindringlicher behandelten Benjy des gleichen Romans geworden ist. Das Pferd, das im »Lügner« durch Mis'Harmons Haus rennt, sollte dereinst zu dem Pferd werden, das im *Dorf* in Mrs. Littlejohns Wohnung eindringt; mehr noch: aus ihm ist dort die ganze Herde gescheckter Wildpferde geworden. Auch der Laden der gleichen Erzählung taucht im *Dorf* wieder auf; denn um Will Varners Haus in Frenchmans Bend zu sein, geht ihm ja nur die monströse Figur des Flem Snopes ab. »Yo Ho und zwei Buddeln voll Rum«, das zusammen mit dem »Lügner« und den »Landmäusen« in den alten *Picayune*-Nummern begraben und vergessen lag, weist mit seinem chinesischen Schiffsjungen, dessen schon viel zu lange liegengelassener Kadaver in der brüllenden Sonnenhitze über Land gekarrt wird, voraus auf einen der überraschenderen Effekte in *Als ich im Sterben lag*.

Aber auch gewichtigere Gedankengänge zeichnen sich hier schon ab. Faulkner hat in seinen Romanen gern und häufig Parallelen zu christlichem Glauben und Brauchtum gezogen; zumal in *Sartoris*, *Schall und Wahn*, *Als ich im Sterben lag*, *Licht im August*, *Wendemarke*, *Das Dorf* und *Eine Legende*. Diese ganz charakteristische Praktik wird in den vorliegenden kurzen Stücken in geringerem Umfang ebenfalls vorweggenommen. So ist natürlich in »Geburtsort Nazareth«, weit über den bloßen Titel hinaus, eine Parallele zu Christus beabsichtigt. Ist doch der Held ein Jüngling, voller Unschuld,

Güte und Liebe zu allen Niedrigen dieser Welt, der mit dem Vieh im Heu geschlafen hat, der »zeitlos« ist. Er hat »seine Bestimmung erfüllt«, derart, daß er »jetzt nur noch ruhig zu warten braucht«; so starrt er hinauf zur Turmspitze der Kathedrale – dem krönenden Kreuz etwa? – »aber möglicherweise war es auch nur irgendein Punkt im Himmel, den er beobachtete«. Eben ist er dabei, weiter zu wandern, und hinterläßt den Zurückbleibenden eine Frohe Botschaft. Er wird zwar nicht ausdrücklich mit Christus gleichgesetzt; wohl aber heißt er David, auf den das Neue Testament, ebenso wie offizielle kirchliche Veröffentlichungen ja hinweisen, als »einen Profeten einer- wie auch einen Christus-Typ andererseits.« Und im Licht von Faulkners später geübter Praktik betrachtet, drängt sich eben, angesichts der Wesenszüge und Erlebnisse dieses David des »Geburtsort Nazareth«, der Gedanke an Christus unwillkürlich auf; eine Hypothese, in der man noch durch den Umstand bestärkt wird, daß die betreffende Erzählung 1925 in der *Osternummer* der *Picayune* erschien; und daß sie, obwohl auch sie im »Quarter« spielt, *nicht als* Bestandteil der Serie »Aus dem Gesellschaftsleben von Chartres Street« etikettiert war.

Ein weiteres, an eine andere hochwichtige Gestalt des Christentums angeknüpftes Motiv, das Faulkner über seine erste Andeutung in der *Picayune* hinaus erweiternd benützen sollte, geht auf den Heiligen Franziskus von Assisi zurück. Die *Picayune*-Geschichte »Noch bist Du Lehrling, mein Junge!« endet damit, daß vor den jugendlichen Gangster ein Mädchen hintritt, »ganz aus Glanz, und dem Haar weder braun noch gold, und dem Augenpaar von der Farbe des Schlafs«; und sterbend erfährt er, daß es die »Kleine Schwester Tod« ist. Diese Verwertung des Nachtrages, den der sterbende Franziskus bekanntlich zu seinem »Sonnengesang« gemacht hat, sollte in Faulkners Werk wiederkehren. In einer noch allgemeineren Fassung scheint er die Wendung bereits in dem Gedicht »Syringen« verwendet zu haben, das Juni 1925 im *Double Dealer* erschien, aber weit früher geschrieben wurde. Tiefsinnigeren Gebrauch hat er davon schon in dem später entstandenen, noch unveröffentlichten Werk, *Maientag* betitelt, gemacht: als Sir Galwyn von Arthgyl, endlich des Hungers, des Gefährten zu seiner Rechten, und des Schmerzes, des Gefährten zu seiner Linken, ledig, den Strom und sein eigenes Ende erreicht, trifft er dort auf den Heiligen Franziskus und gesellt sich freudig zu der strahlenden Maid, die, wie man ihm sagt, die Kleine Schwester Tod ist. Die dem Publikum später vorgelegte Verwendung des Motivs – ausführlicher vorgetragen, weil es sich um die leibliche Schwester des Helden und die damit in Verbindung stehenden Probleme handelt – befindet sich in *Schall und Wahn*, als Quentin Compson, in gewissem Sinne gleichfalls den Hunger und den Schmerz zu Begleitern, des Heiligen Franziskus gedenkt, über dessen Ausdruck von der »Kleinen Schwester Tod« brütet, und ihm dabei das eigene bevorstehende Ende am Fluß zu Sinn kommt.

Gleichermaßen lassen diese frühen Stücke Elemente von Faulkners späteren Techniken erkennen, und von Zeit zu Zeit erweisen sich darin schon gereifte Kraft, Beherrschtheit und Selbstvertrauen; obgleich manches Stück der Reihe, bezüglich Tasten nach Stil und künstlerischer Haltung, störende Zeichen der Lehrzeit aufweist. So würde zum Beispiel die durchaus unsichere Handhabung des »Inneren Monologes« in »Heimat«, einem der frühesten Stücke der Serie, den Leser schwerlich ahnen lassen, daß kaum 4 Jahre später derselbe William Faulkner in *Schall und Wahn* Innere Monologe vorlegen würde, die zum Besten gehören, was je in dieser Art geschrieben worden ist.

Innerhalb des gleichen Zeitraums, während dessen er diese Beiträge zur *Picayune* lieferte, arbeitete Faulkner nach Kräften auch an seinem ersten Roman *Soldatenlohn*. Freunde wollen wissen, daß er ursprünglich dafür den Titel *Maientag* vorgesehen hätte; den er dann späterhin auf das schon erwähnte, noch unveröffentlichte, allegorische Stück übertragen hat. Wie Faulkner und Sherwood Anderson übereinstimmend berichten, brachte Anderson das Manuskript zu Horace Liveright, der soeben auch Andersons Verleger geworden war. Das Liveright'sche Verlagshaus stand damals auf der Höhe seines Ruhmes und sollte innerhalb der anschließenden 12 Monate nicht nur Faulkners erstes Buch und Hemingways Erstling, die Kurzgeschichtensammlung *Aus unsrer Zeit* bringen, sondern auch Andersons *Dark Laughter*, Jeffers *Rotschimmel*, Dreisers *Amerikanische Tragödie*, Roger Martin du Gard's *Die Thibaults* und Ausgaben von T. S. Eliot, Ezra Pound, O'Neill und Freud.

Aber den *Soldatenlohn* zu bringen, entschloß sich der Verlag definitiv erst gegen Ende August 1925, als Faulkner bereits nicht mehr in New Orleans weilte, sondern sich schon zu seiner ersten Europareise eingeschifft hatte. Als er und Spratling, als Passagiere an Bord des Frachtdampfers *West Ivis*, am 7. Juli 1925 aus dem Hafen von New Orleans ausliefen, hatte die *Picayune* unter seinem Namen bereits 12 Skizzen gebracht. Es könnte sein, daß er eine weitere, nämlich den »Lügner« – vielleicht gar noch eine zweite, die »Episode« – ebenfalls fertig geschrieben und dem Redakteur im Manuskript da gelassen hat; denn der »Lügner« erschien in der Nummer vom 26. Juli, als Faulkner sich auf hoher See befand. Aber er könnte ihn theoretisch auch an Bord der *West Ivis* geschrieben und von Savannah aus der *Picayune* eingeschickt haben; denn vom 11. bis 14. Juli einschließlich lag das Schiff im Hafen von Savannah, löschte die Ladung und übernahm statt dessen Kolofonium und Maschinen zur Baumwollentsamung für die Fahrt nach Neapel. Dies Letztere scheint die überzeugendere Hypothese; denn obgleich die *Picayune* im April und Mai in jeder Sonntagsbeilage eine Faulkner-Story gebracht hatte, waren den ganzen Juni hindurch und auch bis zum 26. Juli noch keine mehr erschienen; und ehemalige Redaktionsmitglieder, die sich erinnern, wie überhastet die damaligen Sonntagsbeilagen zusammengestellt werden mußten, zweifeln sehr daran, daß man Beiträge von solcher Qualität absichtlich zurückgehalten haben würde. Der »Lügner« ist Faulkners erste Veröffentlichung mit jenem ländlichen Hintergrund, den er dann mit so großem Erfolg in einigen seiner bedeutendsten Schöpfungen verwendet hat; und die Möglichkeit des Einfalls ist vielleicht nicht ganz von der Hand zu weisen, daß er, nunmehr fern auf hoher See, seine im Französischen Viertel von New Orleans lokalisierte Serie ein erstes Mal unterbrach, um diese Geschichte zu schreiben, in der sich bereits so viel von seinem späteren Werk ankündigt.

Zur Zeit als die »Episode« in der *Picayune* erschien, also am 16. August 1925, war Faulkner und Spratling längst in Genua gelandet [2. August] und hatte Faulkner begonnen, große Teile von Norditalien zu durchstreifen. Er stattete Stresa einen Besuch ab; Piacenza; dann Pavia, wo ihn die Ruhe der Stadt und der Friede seines Gasthofes, des Pesce d'Oro, entzückten. Einen Teil des Monats August verbrachte Faulkner in den Bergen am Lago Maggiore, in dem kleinen Dörfchen Sommariva, wo er bei Bauern wohnte, ihre Arbeit ebenso teilte wie ihre Freizeit, und einen noch unveröffentlichten Reisebericht verfaßte.

Im September, während in der *Picayune* die »Landmäuse«

erschienen, hielt Faulkner sich, nachdem er die Schweiz durchreist hatte, bereits seit einiger Zeit in Paris auf; seine Anschrift war Rue Servandoni, Nr. 26. Grad wie in New Orleans auch, wohnte er nur wenige Schritte von dem offenen Platz um eine Kirche – Saint Sulpice also – und nahe der relativen Freiheit eines Parks, der größer war als Jackson Square – der Jardin du Luxembourg, wo er einen großen Teil seiner Zeit verbrachte.

Stundenlang half er den Kindern, ihre Bötchen über den Teich segeln zu lassen; prägte sich auch den alten Mann ein, mit dem entrückten Gesicht unter dem verbeulten Hut, der gleichermaßen mit Schiffchen spielte – und der Jahre danach dann in der Schlußszene der *Freistatt* wieder auftauchen sollte, als Temple Drake gähnend neben ihrem Vater im Jardin du Luxembourg sitzt, während drüben Kinder und ein schäbig gekleideter alter Mann mit Segelschiffchen spielen. Faulkner aber – weit davon entfernt, wie Miss Drake an langer Weile zu leiden – war eifrig mit Schreiben beschäftigt. Während die *Picayune* gerade die letzte der vorliegenden Skizzen abdruckte, »Yo Ho und zwei Buddeln voll Rum«, für deren einleitende See-Szene möglicherweise, zu einem kleinen Teil, die Überfahrt nach Genua auf der *West Ives* Pate gestanden haben mag, hatte Faulkner im Jardin du Luxembourg soeben eine weitere Kurzgeschichte vollendet und arbeitete jetzt an einem Roman. Viele Jahre danach hat ihn einmal eine bessere ältere Dame gefragt, wie denn eigentlich seine Arbeitsweise wäre: ob er regelmäßig nach einem vorausfestgelegten Stundenplan schriebe, oder nur, wenn der Geist ihn dazu antriebe? Faulkner erwiderte: nur, wenn der Geist ihn triebe; aber der triebe eben jeglichen Tag.

Ende 1925 kehrte er dann aus Europa nach den Vereinigten Staaten zurück, und traf gerade zur rechten Zeit in Mississippi ein, um die Weihnachtsfeiertage mit seinen Angehörigen verleben zu können. Im Herbst darauf gab er einem Reporter für die New Orleanser *Item* die folgende Übersicht über Winter, Frühling und Sommer 1926:

William Faulkner, gebürtig aus Oxford, Mississippi, Verfasser des »Soldatenlohn«... ist vergangenen Sonntag ins Vieux Carré zurückgekehrt, um sich dort den Winter über für seine Arbeit einzurichten. Wie beiläufig machte er die Mitteilung, daß demnächst ein weiterer Roman von ihm, »Moskitos«, erscheinen werde.

...Mister Faulkner, sonnengebräunt von seiner Tätigkeit als Fischer auf einem Pascagoula-Schooner, im Munde eine Pfeife mit Widmung – den Preis des Frühjahrsturniers, als er, als Berufsspieler im Golfklub, Oxford, den Ball mit einem Schlage einlochte – saß in seiner Wohnung in der Altstadt, den Blick auf den regennassen Dächern draußen vorm Fenster...

Er erzählte vom Sommer und seiner Arbeit in einer Sägemühle, bis er sich einen Finger verletzt hatte; und weiterhin vom Leben an Bord der Fischerboote an der Mississippi-Küste. In Nachtstunden dann, nach der harten Arbeit des Tages, schrieb er sein neues Buch.

Am Montag wird er noch einmal zu einem kurzen Aufenthalt nach Oxford fahren; ab Ende September dann jedoch für den ganzen kommenden Winter in unsere Stadt zurückkehren.

Wohl schrieb Faulkner immer noch Gedichte – was er auch während seiner Europareise zu tun fortgefahren hatte. Eine Anzahl unveröffentlichter Sonette, die sich aus jener Zeit erhalten haben, sind zum Teil von Bord der *West Ivis* auf See datiert; andere wieder vor Majorca und Minorca oder aus Italien und Paris. Andere, im Lauf von 1926 entstandene Sonette, hat er aus Pascagoula datiert. Acht weitere Jahre noch hat er gelegentlich Gedichte in Zeitschriften veröffentlicht; und *Ein Grüner Zweig* ist, in einer von der ursprünglichen Niederschrift stark abweichenden Fassung, 1933 erschienen. Aber mit voller Kraft der Prosa zugewendet hat er sich 1925 in New Orleans. Und in den seitdem verstrichenen drei Jahrzehnten hat William Faulkner zahlreiche der in diesen Lehrlingsarbeiten zum ersten Mal angeschlagenen Themen, Gedanken, Gefühle und Techniken zu den uns vorliegenden mehr als zwanzig Romanbänden erweitert und ausgebaut, von denen Vieles zu den Spitzenleistungen unseres Jahrhundert zu zählen ist.

Cambridge, Massachusetts
Juni 1957

CARVEL COLLINS

Januar-Februar 1925

New Orleans

»Dreierlei liebe ich: Gold; Marmor und Purpur; Prunk, Gediegenheit, Farbenpracht.« In Osten, wo die Wiege des Menschengeschlechtes stand, schäumte sie auf, die Woge des Geschicks, bäumte sich und zog donnernd über das Antlitz der Erde. Laß sie donnern: meine Rasse zeugt kühne Schiffer. Alle Gezeiten der Geschichte haben meine Rasse stets in See stechen sehen, unerschrocken, notfalls auch tollkühn, gleichwie meine alten Phönizier-Ahnen auf ihren Handelsbarken unvermessenen Meeren trotzten und Fabelküsten, auf der Suche nach jenen Dingen, die auch ich liebe. Sonnen steigen und sinken; Generationen erwachen und jauchzen, und kämpfen und weinen, und vergangen sind sie. Sollen sie: bin doch auch ich vor Gottes Angesicht nur 1 Kloß schmierigen Schmutzes. Und alt bin ich; kein Schmerz noch Trieb noch Kummer, den diese Brust nicht kennte: Lust die die Seele entflammt; Gram, der sie ausbrennt.

Aber aus dieser bitteren Asche, die ICH heißt, werden meinen Genüssen und Leiden Erben erstehen, Phönix-gleich; denn wohl ist alt das Blut, aber stark. Ach, Ihr gemischten Rassen, mit Eurem bißchen Blut, das gemengt ist, und verdünnt, und erschlafft; mit Euren Träumen, die trübe wurden und stumpf: wißt Ihr noch, was Ihr einst ersehntet? Ein Traumbild hat mein Volk Euch hingehalten, vom Frieden, der höher sei als alle Vernunft, und der dürre Sand Syriens trank das Blut Eurer jungen Mannschaft; 1 goldene Münze warf ich Euch hin, und Ihr wußtet dafür nur den Märtyrertod in Ahenobarbus' Gärten zu erkaufen; Ihr nahmt Euer Geschick aus den Händen meines Volkes, und Eure Söhne und meine lagen zusammen im Schlamm von Passchendaele, und schlummern nun, Seite an Seite, in fremdem Boden. Fremd? Welcher Boden ist mir fremd? Eure Alexander und Cäsaren und Napoleons steigen auf in Blut und Gold, kreischen kurz etwas von Vaterländern, und vergangen sind sie, Wellen gleich, die kräuselnd strandein zischen, und einsinken und sterben. Kein Boden ist meinem Volk fremd; denn haben wir nicht alle Lande erobert mit der Story von jener Geburt, die jetzt Euer ist? Die Wasser des Schicksals wogen wie Meer. Laß' sie! Mein Volk wird sie weiter befahren, werde es auch reißend davongeführt, wer weiß, geblasenen Trompeten gleich, inmitten der kalten Gestirne.

»Dreierlei liebe ich: Gold; Marmor und Purpur; Prunk, Gediegenheit, Farbenpracht.«

DER PRIESTER

Abend, gleich einer Nonne, mit Schweigen beschuht; Abend schlüpft, mädchengleich, wandentlang, dem Liebsten entgegen ... Dem Atem zufriedener Heerden gleich geht das Zwielicht, stiftet leisen Aufruhr zwischen Syringen, zierlich drohen Blütenkolben, lautlos schallen die Glocken der Hyazinthen, kurzes Geträum von Lesbos; dann wispert's oben in Palmen, bleich und wohlbewedelt.

Ach, Gott, ach, Gott. Die Rose des Abends am Westhimmel, und der Mond mäht sie mit silberner Sichel; zum kleinen silbernen Boot wird der Mond in uferlosen Meeren aus Grün. Ave, Maria, Traum ... Wie gleichen sie doch Vögeln mit goldenen Flügeln, die abgemessenen Schläge der Glocke; fliegen aus, fliegen auf; mit deutlichem leisem Bedauern vorbei an Helmdach und letztem schlankem Kreuzeshalm; und das Echo, wie gleicht es doch der lotrecht einfallenden singenden Lerche. Ave Maria ... Ach Gott, ach Gott, daß es so rasch Nacht werden muß.

Orion schweift durch Sternenwiesen; knarrend bahnt sich der Himmelswagen seinen dunklen Pfad durchs schwach betaute Gras der Milchstraße. Und der Gram geht vorüber, wie auch die Liebe. Ave, Maria!; eine Jungfrau, klein und silberweiß, verstört und traurig und mitleidswert, und die Erinnerung von Jesu Mund auf ihrer Brust. Kasteiung, und dort zwischen schwarzen Bäumen stöhnt doch das Fleisch wie ein Kindlein ... »nimm mein Haar fest in die Hände, und küß mich hindurch – ja; so. –: achgott, achgott, achgott, daß es so rasch wieder Morgen werden mußt!«

Ave Maria; deam gratiam ... Turm von Elfenbein; Rose von Libanon ...

FRANKIE UND JOHNNY

Weiß Du, Baby, – eh' ich Dich getroffen hab', war's so, als wär' ich eins von diesen Fährbooten da drüben, immer hin und her, über'n schwarzen Fluß, so ganz für mich allein, rüber ans andre Ufer und wieder her, und vom Fleck kommt man dabei überhaupt nich, das dumpfe Gefühl hatt' ich, und die ganze Zeit war ich am Überlegen. Verstehs Du – so mit'm Haufen Namen von fremden Leuten hat man'n Kopf voll, und mit der ihren Geschäften und Sachen, und die ganze Zeit hab' ich gedacht, ich wär doch eigentlich 'n Mordskerl. Und, hör ma, weiß Du:

Wie ich Dich vorhin die Straße da hinten hab runter kommen sehen, da war's, als wenn die beiden Fährboote bisher gar nich richtig auf'nander geachtet hätten, und auf einmal halten sie an, anstatt an'nander vorbeizufahren; und beide machen sie auf der Stelle kehrt, und dampfen zusammen ab, Seite an Seite, dahin, wo's außer ihnen nichts andres mehr gibt. Weiß Du, Baby: eh' ich Dich kenn'gelernt hab, bin ich tatsächlich bloß'n junger Rumtreiber gewesen, genau wie der alte Ryan, der Schupo, immer behauptet; kein Gedanke an arbeiten, nichts getaugt, um nichts Sorgen gemacht, höchstens eben um Herrn Johnny. Aber als dieser besoffene Lump jetz Dich anhielt, und zu Dir sagte, was er gesagt hat, und ich hinkam und ihm Eine langte, da hab ich das um Deinetwillen getan und nich wegen mir; und da war's auf einmal, als wenn'n Windstoß über'ne Straße fährt, und allen Staub und Müll runter fegt.

Und wie ich so mein'n Arm um Dich gelegt hab, und Du Dich an mich geklammert hast und geschluchzt, Du, da hab ich gewußt, daß Du für mich bestimmt bist, auch wenn ich Dich bisher noch nie gesehen hätte, und daß ich nich länger mehr der junge Rumtreiber bin, wie der alte Ryan, der Schupo, immer behauptet; und wie Du mir den Kuß gegeben hast, da war's, wie damals an ei'm Morgen, n ganzer Schwung von uns fuhr zur Stadt zurück, per Anhalter, auf so'm alten Klapperkasten, und die Polizei schnappt uns, liefert uns auf der Wache ab, und wir werden vorgeführt, und da sah ich, wie drüben, über'm Wasser, der Tag anbrach, wie soll ich sagen: so wenn's gleichzeitig blau und dunkel iss, auf'm Wasser war's noch ruhig von Booten, und drüben die schwarzen Bäume, und am Himmel lauter Gelb & Gold & Hellblau. Und ein Lüftchen kam übers Wasser her und machte so kleine nuckelnde Geräusche, ganz komisch. Es war, wie wenn man in einem dunklen Zimmer steht oder sonstwo, und auf einmal knipst Einer unversehens Licht an, und das genügt ja. Wie ich jetz Dein gelbes Haar gesehen hab, und Deine grauen Augen, war's wieder so ähnlich. Es war, als wenn'n Windstoß geblasen hätte, glattweg durch mich durch, und als hört' ich irgendwo Vögel singen. Und da wußte ich: jetz war ich hin.

»Ach Johnny!«

Baby!

DER SEEMANN

Ah, endlich wieder Pflaster unter den Füßen spüren, statt eines Schiffsdecks, reglos bei Flaute – reglos wie eine Klippe, die der Meergrund hochtrieb im sengenden Mittag, das Pech fängt buchstäblich an, aus den Fugen zu quellen, und Wanten und Segel hängen schlaff und tot. Oder ums bittre Kap Horn zu lavieren! Vereist und stocksteif jedes Gerät, und kein Mann der nicht die Hände voll Frostbeulen hätte, dick wie Furunkel. Aber hier ist eine stabile Welt: sie stampft und stöhnt und donnert nicht, die nicht! Noch rennt sie, Speigatt unter Wasser, mit dem heulenden Sturm um die Wette.

Ach, Leute, nur Narren fahren zur See – es sei denn, um gelegentlich eine andre Frau zu probieren. Ein Mann kann ja mit derselben Sorte unmöglich zeitlebens zufrieden sein. Gibt es doch da die breithüftige Spanierin, umgeben von Mandolinen, im Rauch der Bodega; das blonde Norwegerweib; oder die blaßkühle Angelsächsin. Und an der Stadtmauer Yemens traf ich Eine, das denket mir wohl noch, die hatte rote Haare; und Eine im Gelben Meer: die erstach uns drei Leute. Und wie soll wohl ein Mann endgültig vor Anker gehen, wo's derlei Sorten zur Wahl gibt?

Ein fester Grund ist was wert, wie Wein & Weib & Schlägerei; aber bald ist die Schlägerei aus, und der Wein getrunken, und Frauenmünder schmecken auch nicht so, wie der Mann es sich träumte; und dann sehnt er sich krank nach Sturzsee und Meer und Salzluft und Wasserschall.

DER FLICKSCHUSTER

Mein Leben ist ein Haus: der Geruch von Leder ist die Wand meines Hauses. Drei davon sind finster; von der vierten kommt schwaches Licht, durch schmutzigbraune ungeputzte Scheiben. Jenseits dieser Scheiben wird die Welt geräuschvoll und strömt vorbei. Einst war ich 1 Teil dieser Welt, war einst 1 Teilchen des tosenden Menschenstroms; nun jedoch bin ich alt, bin abgedrängt worden in ein stilles Stauwasser, in fremdem Land, zurückgelassen hat mich der Strom. Der Strom, von dem auch ich einst 1 Teil war. Sehr gut entsinnen kann ich mich nicht mehr, denn ich bin alt: ich hab' viel vergessen.

Freude, Kummer – was versteht man darunter? Wußte ich's einst? Doch; Freude & Kummer, das sind die Vögel, die kreischend über der strömenden Flut kreisen: um Stauwässer kümmern sie sich nicht. Friede, das weiß ich noch: den bringt der sorglich eingeschlagene Nagel, die klug aufgesetzte Sohle, den bringt mein Weib. Mein Weib? Dieser Topf goldroter Rosen ist mein Weib. Sehen Sie, die bejahrten Zweige sind krumm und knorrig vor Alter; grade wie diese Hand, krumm und knorrig und alt. Dennoch trägt er mir schönste Blüte, jeglichen Sommer, ob er gleich ebenso alt an Jahren sein mag, wie ich.

Ach, die Toscana! – glöckchenbehangene Heerden in sonnigem Hügelland, wenn auch das Tal selbst längst schon im Schatten lag!, und festliche Tage und Tänze auf Rasengrund, und sie im scharlachnen Schultertuch, wie warf sie das Köpfchen im Haargewölk, und die Brüstchen, süß und wild, vom offenen Haar umlaubt! Aber wir waren verlobt, wissen Sie.

Sie, diese Rose und ich, wir waren zusammen jung, sie und ich, die Verlobten; und im Staub, unterm Abendstern, lag, weggeworfen das Rosenreis. Das ist nun alt und im Topf und ein Rosenstock; und ich bin alt und zwischen Wänden aus Ledergeruch; und sie ... und sie ... ich habe gewußt, was Freude ist und was Kummer; aber jetzt kann ich mich nicht mehr entsinnen. Alt bin ich: ich hab viel vergessen.

SCHWARZER HAFENARBEITER

»Als ich Sie gefragt, hat Sie ›Nein‹ gesagt, und ich gab ihr Eins aufs Maul ...« Jesus in der Höh: schaut Euch das an, wie das Faß ro-o-lll-t! Der Weiße Mann kommandiert, und der Nigger führts aus. Lad mir das Dampfboot, lad es voll; oh, Dampfboot, breit aus die weißen Flügel und flieg! Sonnenschein schlitzt den Mauerschatten; gleitet an mir hoch, färbt mir Overall und schwarze Hände mit goldenen Streifen, wie Sträflingstracht. Sünder im Kittchen, Sünder im Himmel, hinter goldnen Gittern! Ich flieg hoch, Du fliegst hoch, alle Gotteskinner fliegen ho-o-o-ch ... Oh Gott, aber diese Sonne, und das Licht überm Fluß; und im Herzen die Nacht, die schwarze Nacht. Oh diese schwarze Nacht und die Trommeln poltergeistern schwül unter den Sternen. Oh Gott, sind die Sterne kalt, und die großen Bäume gleiten wie Schiffsmasten alle Flüsse der Finsternis hinauf, sie fegen die alten Sterne beiseit, immerfort und vergebens. Warm ist allein die Erde, geheizt von den Toten, die in ihr liegen. Aber sie selbst sind kalt, die Toten, Oh Herr, kalt, mitten in Wärme und Dunkel. Oh Wagen, der in die ewige Heimat mich führt, süßer Wagen, wasch mich weißer denn den Schnee-ee-ee!

Feierabend, die Sirenen brummen und heulen wie beim Konventikel die Sünder in der ersten Bankreihe. Ah Gott, wie singt das Blut, das schwüle Blut, singt Antwort dem wilden Feuer in den Adern der Mädchen, singt aus den Aschen die alt Glut. Der weiße Mann gibt mir Kleidung und Schuh, aber deswegen liebt sein Straßenpflaster meine Füße noch lange nicht. Seine Städte sind nicht meine Städte; aber seine Nacht ist meine Nacht, mit all den alten Leidenschaften und Furchtnissen und Sorgen, die mein Volk in sie aushauchte. Soll dies Blut getrost singen!: schuf denn ich dieses Blut?

Ich flieg hoch, Du fliegst hoch; alle Gotteskinner fliegen ho-o-o-ch!

DER POLIZIST

Als ich noch klein war, und hin und her rannte wie'n junger Hund oder wie ein Füllen, und alles Mögliche anstellte, Sachen, großartiger, kam mir vor, als Könige oder selbst Polizisten sie vermögen, (Sachen, von denen immer Jemand tadelte, ich dürfte doch so was nich' tun), und wofür mir folglich die Hälfte der Nachbarschaft von ganzem Herzen den Tod wünschte, da war auf der weiten Welt nur 1 Person, mit der ich hätte tauschen mögen. Es gab Jungen, die vorhatten, mal Seeräuber zu werden; und Manche wollten nach Wildwest, als ritterliche Indianertöter; die pfiffen nur verächtlich, wenn ein Sterblicher weniger abenteuerlustig war. Ich aber, ich wollte Schupo werden, in einer blauen Uniform, leicht pendelt der Gummiknüppel, auf der Brust blinkt das Silberschild, so sah ich mich schreiten, Straße um Straße, gemessenen Takts.

Welche Größe kommt dieser gleich? Abgott zu sein der Halbwüchsigen, und Gegenstand ihrer Furcht, und selbst erwachsene Leute betrachten Einen mit Respekt; menschgewordenes Sinnbild der Tapferkeit, Schrecken der Bösewichter; und in der Tasche eine richtige Pistole! Auch später, durch meine Jünglingsjahre noch, wandelte feierlich diese Zaubergestalt, sie füllte mir Herz und Sinn. Ich sah mich deutlich, mächtig und ruhevoll, hier & da nachlässig ein Wort zu bewunderndem Mädchenvolk, man brachte mir Kuchen dar und Pastetchen und Tassen Kaffee in propren Küchen; die einsamen Straßen durchschritt ich bei Nacht, dunklen Häusern vorbei, in denen Unzählige schlafend seufzten, sich auf die andere Seite drehten, und sicherer träumten: denn ich war da, sie zu behüten.

Oder die Taten des Mörders vereiteln, ihn tot zu schießen in feuerstrahlspuckender Schwärze, ich selbst schwer verwundet; und wieder gesund gepflegt, von der schönsten der Schwestern, die ich dann heiratete.

Aber jetzt ist jener Junge erwachsen. Manchmal mein' ich, er liege noch, irgendwo in mir, auf der Lauer, und mache mir Vorwürfe, daß der Mann nicht fähig gewesen ist, dem Jungen den großen Wunsch zu erfüllen, den das Leben für ihn in

Bereitschaft hielt. Aber dieser Junge dämmert leicht wieder ein; er behelligt mich nicht oft ... und was dachten Sie denn?; das Leben ist halt nicht so. Zuweilen, wenn mein Schritt durch finstre und leere Straßen hallt, wacht er auf, und Unruhe überkommt mich für kurze Zeit, ob des fragwürdigen Handels, den der Mensch macht, wenn er kleinen Leib & großes Herz eintauscht gegen großen Leib & sogutwiegarkein Herz; aber es dauert nicht lang. Bestimmt erreicht kaum ein Mensch auf dieser Welt auf den Buchstaben genau was er sich wünscht; und wer will behaupten, daß 1 Frau und 1 Heim und 1 Stellung im Leben nicht letzten Endes das Ziel von Jedermanns Sehnen darstelle? Seis's wie es sei, ich will des Glaubens bleiben, daß dies Wesen hier, das wacker dem Leben in einem blauen Uniformrock und mit einem Silberschild die Stirn bietet, doch letzten Endes ein ganzer Kerl ist.

DER BETTLER

Als Junge war ich der leidenschaftlichen Überzeugung, daß das Leben aus mehr besteht, als bloß aus Essen & Schlafen; daß das Dasein des Mannes nicht auf einen winzigen Punkt der Erdoberfläche beschränkt sein solle, und kein abgemessener Glockenschlag ihm seine goldenen Stunden wegzuticken habe. Wie klein auch das Stück Welt ist, das die Ameise sehen kann, ihr ist es angemessen; und ich, dessen Sehkraft das Hundertfache der ihrigen beträgt ... wie müßte der Ameise nicht sein, besäße sie meine Sehkraft! Nun die Grenze meines Sehvermögens malgenommen mit der Größe der Erde ... und da stehst Du da.

Ach, Herz und Aug' und Sinn, und der Leib ist wie ein abgetriebener Gaul! Der Ritter möchte sehr wohl noch ausreiten in die Bahn; aber sein Schlachtroß ist alt und nicht sicheren Fußes mehr; neue Streiter, auf jüngeren, derberen Hengsten überholen ihn und heben ihn aus dem Sattel; und er, im Verein mit Andern, deren Rosse gleichfalls versagten, kann nur noch wimmern & grämeln, über abgenagten Brotkrusten, vor mitleidlosen Türen, im Staube der Straße.

DER KÜNSTLER

Ein Traum & ein Feuer, die nicht meiner Botmäßigkeit unterstehen, drängen mich seitab von den glatten bequemen Pfaden der Solidheit und des Schlummers, die die Natur dem Menschen vorschrieb. Ein Feuer, das ich erbte, ob ich wollte, ob nicht; und das ich nun zwanghaft unterhalten muß, mit Gesprächen, mit Jugendkraft, ja mit dem Behältnis selbst, in dem dies Feuer brennt: die Schlange, die ihre eigenen Artgenossen verzehrt; und immer dabei dies Wissen, daß ich der Welt niemals das werde geben können, was in mir schreit nach Befreiung aus mir.

Denn wo wäre der Leib aus Fleisch, welche Hand ertrüge das Geströme des Bluts, das nötig wäre, den Traum meines Inneren zu gestalten, sei es in Marmor oder Klang, auf Leinwand oder Papier, – und überlebte? Bin doch auch ich nichts als ein formloser Kloß feuchter Erde, in Schmerzen entstanden, zu lachen, zu weinen, zu ringen und von keinem Frieden zu wissen, bis das bißchen Feuchtigkeit verdunstet ist, und er wieder eins wird mit dem ursprünglichen und ewigen Staub.

Aber zu schaffen! Wer unter Euch, Denen dies Feuer nicht eignet, könnte wissen von solcher Lust, sei sie auch noch so flüchtig?

DIE DIRNE

Achgott, schon wieder dies Licht in die Augen, der Sonnenschein blitzt durch die Scheiben, daß mir mein armer Kopf platzen möchte, wie von dem Klavier letzte Nacht. Warum hab ich bloß diese verdammten Fensterladen nicht zugemacht?

Ich kann mich erinnern, daß auch mir einst Tage golden schienen; aber jetzt macht das Gold der Tage mir nur Kopfschmerzen. Gold bringt jetzt höchstens die Nacht, und noch nicht mal häufig. Die Männer sind nicht mehr, was sie früher waren, oder das Geld ist's nicht mehr, oder sonstirgendwas. Oder möglicherweise bin ich's auch, die nicht mehr das ist, was ich einst war. Weißgott, ich geb' mir doch wahrlich Mühe, ihnen das zu bieten, was sie von mir erwarten. Ich handel' ihnen gegenüber doch ehrlich, und ehrlicher als Manche ... na, ich will keine Namen nennen. Ich bin ein amerikanisches Mädchen, mit einem amerikanischen Lächeln, jawoll, und das wissen sie auch genau.

Wildes Blut ist in meinen Adern geflossen; als ich jung war kreiste mein Blut durch mich wie klingendes Spiel. Ich sah Frauen, die besaßen die feinen Sachen, nach denen mich verlangte ... Kleider und Schuhe und goldene Ringe, und brauchten keinen Finger dafür krumm zu machen. Und Kerzenschimmer und schwüle Musik, und was der strahlenden

Hirngespinste mehr sind. Und, ach!, auch mein Leib wie Musik, wie eine Flamme war mein Leib, und schrie nach Seidenglänzendem, für das 1 Million Würmchen hatten sterben müssen; und hundertmal mußte mein Leib sterben, eh' ich es tragen konnte. Ja, 1 Tausend Würmer woben diese Seide, und starben; ich bin 1 Tausend Tode gestorben, sie zu tragen; und es wird eine Zeit sein, da werden 1 Tausend Würmer an diesem Leib, der mich verleitete, sich letzten, und werden, sich letzend, leben.

War einmal etwas wie Liebe? Ich hab's vergessen. War einmal etwas wie Kummer? Ja, vor Zeiten. Ach, vor Zeiten.

DER TOURIST

– New Orleans.

Eine Kurtisane, nicht alt, doch auch nicht länger jung; sie vermeidet den Sonnenschein, daß der einstige Ruf ihrer Schönheit erhalten bleibe. Die Spiegel in ihrem Hause sind trübe geworden und die Rahmen wurden matt; alles in ihrem Hause hat Mattglanz und ist schön vor Alter. Anmutig lehnt sie sich zurück auf ihre Chaiselongue, von verschossnem Brokat, ein feiner Duft nach Räucherwerk ist um sie, und der Faltenwurf ihrer Umhänge sehr korrekt. Sie lebt, umgeben von der Atmosfäre einer vergangenen graziöseren Zeit.

Und Die sie vorläßt, sind gering an Zahl, und sie kommen zu ihr durch ein ewiges Dämmerlicht. Sie selbst sagt nicht viel; dennoch scheint sie es zu sein, die die Unterhaltung beherrscht; deren Ton ist gedämpft, doch nicht dumpf, geistreich aber nicht effekthascherisch. Und Diejenigen, die nicht zu den Auserwählten zählen, müssen ewig-vergeblich draußen vor ihrem Portale stehen.

New Orleans ... eine Kurtisane, deren Reiz der Gereifte mächtig verspürt, deren Zauber der Junge unfehlbar erliegt. Und wer immer ihr treulos wird, und die Jungfrau sucht, mit dem Haar weder recht Braun noch recht Gold, und der bleichen und eisigen Brust, an der noch kein Liebender dahinstarb, kehrt zurück, wenn sie lächelt über'm matten Flügelschlag ihres Fächers ...

New Orleans.

8. Februar 1925

Aus dem Gesellschaftsleben von Chartres Street

Er sprach, die Stimmbänder aufgerauht vom Alkohol, und amputiert war er außerdem. Das erste Mal fiel er mir auf, als er mit affengleicher Beweglichkeit sich mir in den Weg schwang, und ein 25-Cent-Stück heischte: für Brot. Unter dem grauen Haardach blickten die Augen so wild und gleichzeitig sanft, wie die eines Fauns, und bei jedem Aufstemmen der Krücke arbeiteten die Muskeln des Halses so geschmeidig, wie bei einem Athleten; das ließ mich anhalten; und er, mit wortreichen Selbstvertrauen – »Hören Sie, Sie sind doch'n junger Mann, der noch beide Beine besitzt. Aber vielleicht kommt auch mal der Tag, wo Sie 'n Bissen Brot brauchen werden, und 'ne Tasse Kaffee, bloß 'n Schluck Kaffee, daß Sie's Frösteln aus'n Knochen los werden; dann halten Sie vielleicht auch 'n Gentleman an, wie ich Sie jetzt anhalte, und möglicherweise iss'es mein Sohn – ich war seinerzeit 'n guter, mein Junge.« Nun hatte ich mir gerade damals auf meine äußere Erscheinung eigentlich etwas eingebildet; zumindest, daß ich nicht auf Anhieb wie ein Fechtbruder-Anwärter wirke, meine Tweedhose stammte immerhin aus dem *Strand*; freilich, wer kann andrerseits wissen, was das Leben für uns in petto hat? Immerhin, einen Atem von solcher Herzlichkeit in der Halsgegend zu spüren, zumal in unserem Zeitalter und in dieser Nation, war seine 25 Cents wert.

Fünfzehn Minuten später sah ich ihn wieder, wie er sich gewandt in ein Kino schwenkte, wo eben eine von diesen Millionärsschnulzen lief, randvoll mit Herzögen und Ehebruch und Champagner und vielenvielen Mädchen, bloß mit Moskitonetzen und Lampenschirmen bekleidet. Wahrlich,

›gebrochen‹ konnte man den Geist dieses Mannes nicht nennen; seine Fähigkeit das Leben zu genießen war ein ausgesprochenes Himmelsgeschenk; dieselbe Fähigkeit, die die Juden instand setzte uns Jesus von Nazareth zum Besten zu geben, mit Augen wie zwei Sterne, gesäugt an der Mutter Brust, das Feenmärchen, das die ganze westliche Welt erobert hat; die Fähigkeit, die einer verdumpften Welt vom König Artus sang, worauf Baron und Ritter und Burschen, die mehr als Adelskronen besaßen, sich aufmachten, ihre Fähnlein in Syrien flattern zu lassen, auf der Jagd nach einem Traumbild.

Wiederum später, von einem umgitterten Balkon aus – Mendelssohn in Gußeisen übersetzt – sah ich ihn dann zum letzten Mal. Der Mond war über den Himmel heraufgekrochen, einer fetten Spinne gleich, und die Durchdringungen von Licht- und Schattenflächen hätten einen Vorticisten zur Verzweiflung gebracht. (Bereits Diejenigen, die am Tempel von Ramses diese kuriosen platthändigen Kreaturen einmeißelten, müssen von New Orleans bei Mondschein geträumt haben.)

Geradezu ein Symbol der Sturheit war der Polizist, um den er mit seiner Krücke glitt und kreiste, wie ein Wasserkäfer um einen Stein. Seine Stimme scholl bald laut bald leiser, das Ende der Krücke sichelte im Schein der Straßenlaterne, schrieb ein Rechteck aufs Pflaster, und plötzlich stand er, unversehens reglos geworden, wie ein Vogel einfällt, innerhalb dieses Rechtecks. »Das'ss mein Zimmer«, verkündete er heiser, »wie wollen Sie mich da jetzt wohl verhaften, he? Wo ist ihre Vollmacht, mein Zimmer betreten zu dürfen, lieber Freund?«

»Die Vollmacht ist bereits unterwegs«, informierte ihn der Beamte. »Aber ich würd' Sie auch ohnedem erwischen. Die ganze Nacht können Sie doch nicht hier bleiben; binnen kurzem müssen Sie weg, wenn Sie noch was zu trinken haben wollen.«

»Ich hab'n Schluck bei mir, mein Lieber, das wissen Sie ganz genau.«

»Wirklich? Wo denn?«

»Schon gut«, entgegnete der Andere durchtrieben, »ohne Vollmacht kriegen Sie von mir nichts.«

Der Polizeibeamte beugte sich näher zu ihm, mit Fingern, die die ärmliche Kleidung des Andern zu betatzen begannen.

»Nehm' Se ja die Hände weg!« kreischte er. Stand, wundersam anzuschauen, auf seinem einen Bein, über dem Haupt wirbelte die Krücke wie ein Propeller. »Mich in meinem eigenen Zimmer verhaften? Mich verhaften?! Wo bleibt hier Recht & Gerechtigkeit? Bin ich nicht ein Mitglied der größten Republik der Welt? Hat nicht der geringste Arbeiter sein eigenes Heim, und ist das hier nicht meins? Hau bloß ab, Du verdammter Republikaner. – Iss bei der Regierung beschäftigt: da denkt er, er kann machen, was er will«, wandte er sich, heiser und gerissen, an die Umstehenden. Er stopfte sich die Krücke wieder in die Achselhöhle und warf sich in Positur.

»Meine Herren. Ich bin als amerikanischer Staatsbürger geboren, und bin ein guter Bürger gewesen, mein Leben lang. Als Amerika Männer brauchte, wer war da der Erste, der gesagt hat, ›Amerika nimm mich: hier bin ich‹? *Ich* bin es gewesen; bis mir die Eisenbahn mein Bein abgefahren hat. Und bin ich dann etwa hingegangen zur Eisenbahn, weil sie mir's Bein abgefahren haben? Bin ich zum Eisenbahnpräsidenten gelaufen, und hab gesagt ›Sie, wissen Sie, daß Sie mir mein Bein abgefahren haben?‹ Nein, meine Herren. Du bist ein guter amerikanischer Staatsbürger gewesen, Dein Leben lang, hab ich mir gesagt – Dein ganzes Leben lang hast Du schwer gearbeitet. Jawoll, ich bin Arbeiter, und hat nicht jeglicher Arbeiter Anrecht auf ein eigenes Zimmer, und ist das hier nicht mein Zimmer? Und nun frage ich Sie, meine Herren, Einen wie den Anderen: darf ein verdammter Republikaner ohne weiteres in das Zimmer eines amerikanischen Arbeiters eindringen, und ihn dort verhaften?« Wieder wandte er sich dem Polizisten zu: »Du langer dicker Feigling, Du; komm doch ran und verhaft' mich. Ich hab keine Feuerwaffe bei mir; ich kann Dich nicht umlegen, selbst wenn ich wollte. Komm und verhaft' mich doch! Los, komm ran, wenn Du Dich traust. Ohne Vollmacht kommt mir kein Republikaner in mein Zimmer.«

Hinten in der Straße, klappernd zwischen den bebenden goldenen Lichtflügeln der Laternen, kam endlich der Gefangenenwagen. Als er am Bordstein hielt, humpelte der Fechtbruder behende darauf zu. »Jawohl, meine Herren«, krächzte er, als man ihm hinein half, »ich bin ein amerikanischer Staatsbürger und ein Mann der Arbeit; aber wenn ein Freund mich mit dem Wagen abholen läßt, dann geh ich natürlich mit. Jawohl, Sir; einem Freund hab' ich im Leben noch nie was abgeschlagen, sei er so reich wie er will, und ich nur ein amerikanischer Staatsbürger, arm aber ehrlich.« Schon halb im Innern, wandte er sich noch einmal zurück, zu einer letzten Zusammenfassung. »Ich bin Arbeiter, Grundbesitzer in der Stadt, habe aber auch reiche Freunde. Sam Gompers war mein Freund; Der hätte nicht ruhig daneben gestanden, und mich vo'm verdammten Republikaner verhaften lassen; aber der lebt nicht mehr, der arme Sam. Tot & hin ist er, Jungens; aber er war mein Freund: ein Freund der Arbeiterklasse.«

»Los, komm, komm«, unterbrach ihn der Beamte. »'ss' gut jetzt, Ed.«

Mit einem Ruck schob man ihn hinein, und der Wagen rasselte von dannen. »Bis nächstes Mal, Cap«, rief er zurück; die Reifen schmatzten auf dem nassen Pflaster, klappernd ging's ab um die Ecke, außer Sicht- und Hörweite, während immer noch einmal, aus der Prozession von Schatten und Lichtern der heisere Ruf erscholl:

»Bis nächstes Mal, Cap.«

Der Polizist wandte sich; sein behäbiger breiter Rücken blickte ins Licht, verschwand in Dunkelheit, und kam wieder aus Schatten in Licht; dann verhallte sein schwerer Schritt in der Ferne.

Und Cäsar fiel Einem ein, wie er unter einem Schauer von Rosen den Triumphwagen besteigt; und der Pöbel jauchzt; und er rollt davon, die Via Appia entlang, während Bettler sich hervorschleppen, das Schauspiel zu sehen, und die Zenturios an die Schilde schlagen, und goldene Wimpel leuchten und flattern in der Frühdämmerung.

15. Februar 1925

Damon & Pythias in Konkurs

Das Cabildo – wie ein kurzer dicker Don wirkte das Stadthaus immer, der in Gegenwart des Königs den Hut aufbehält, weniger um seines eigenen integer vitae willen, als weil Andere es nicht dürfen, halb niedergeschlagen, halb voll finstren Spotts ob des antiquierten Witzes. Innerhalb der Portale wunderte sich Volk aus Iowa mit lauter Stimme; erstens, wieso ein derart altes und scheußliches Bauwerk überhaupt irgend einen Wert haben könnte; und zweitens, falls es wider Erwarten einen hätte, wieso man es dann derart verfallen und schäbig werden ließe? »Ich wette, die Stadt hat es seit 20 Jahren nicht mehr streichen lassen. Warum wird dergleichen nicht überhaupt abgerissen, und durch ein modernes Gebäude ersetzt? In Winterset wär' das längst geschehen. Dies Volk hier im Süden hat tatsächlich nicht den Unternehmungsgeist wie wir.«

Ich sann indessen über die Veränderlichkeit des Menschengeschlechtes nach – wie da die Schrumpfung der Einbildungskraft weniger die Folge von Lastern und Üppigkeit eines Zeitalters zu sein scheint, wie die Baptisten uns einreden wollen; sondern eher die Auswirkung von Bequemlichkeiten und Vorrichtungen wie Badewannen oder soundsoviel Konservenbüchsen pro Kopf der Bevölkerung, was ja angeblich das Goldene Zeitalter heraufführen soll. Man fühlt sich manchmal versucht zu glauben, daß jenem alten Farmer, der zu sagen pflegte, er dächte nicht daran seine Kraft zu verdünnen, indem er sich tagtäglich von oben bis unten wüsche, die rechte Erleuchtung zuteil wurde.

In diesem Stadium der Dinge ist auf einmal ein rundlicher, sehr schmutziger Mann irgendwie an dem Ganzen beteiligt.

Es scheint, daß ich bereits auf 1 oder 2 seiner Bemerkungen vernünftige Antworten gegeben habe, ehe mir seine Anwesenheit zum Bewußtsein gekommen ist. Seine sanft zerfließenden braunen Augen – man mußte an einen Wachtelhund denken – berieselten mich mit einem feuchten heißen Geglühe; sein semitisch-breites Gesicht glänzte, und selbst der Hut, ursprünglich wohl grau, jetzt verwegen im Genick getragen, schien von der gleichen Ölhaut überzogen. Dennoch stand hinter diesem ersten Eindruck von Olivenöl noch ein Anderes, an dem ich eine zeitlang herumrätselte – dann kam ich darauf: ein ganz leichter Dunstkreis umwitterte ihn, nicht direkt nach Pferden; mehr so nach Stall, nach Schlaf in Pferdedecken, und dem Dünnbier der Rennplätze.

»Fremd am Ort hier?« Ich bejahte das, und spürte, wie die Glut seines Blickes zunahm. »Nettes Fleckchen Nu Orlihns, was?« Auch dem stimmte ich zu, und sein Auge wurde wahrhaft hypnotisch, während er mit geläufiger Zunge französische Namen falsch aussprach; das war die Einleitung, während wir bis zur Canal Street, und dann weiter diese hinauf schritten; und dann kam es. Nein, beim Rennen war ich noch nicht gewesen. Sogleich wandelte sich sein suggestiver Blick in das tiefe liebevolle Staunen des Beschützers.

»Noch nich beim Rennen gewesen? Ja, aber Mister, Nu Orlihns einen Besuch abzustatten und die Rennen nich zu sehen – das wär ja grade, wie nich bei Anthony gegessen zu haben.« (Meinte er Antoine's Café?): »Na, da könn' Sie aber tatsächlich von Glück sagen; ich bin eben auf dem Weg zum Rennplatz, und werd' mich freuen, wenn Sie mich begleiten. Ich kenn Nu Orlihns wie meine Tasche; und vom Rennsport weiß ich mindestens ebensoviel, wie der Beste, den Sie auftreiben könnten. Ich freu mich sehr, wenn ich'm Fremden gefällig sein kann; aber speziell Ihre Begleitung wird mir besonders angenehm sein. Ich bin'n Dschentlmänn gewesen, wissen Se, mein Leben lang; und wenn ich ein' seh, weiß ich sofort: ah, 'n Dschentlmänn. Übrigens Morowitz mein Name«, schloß er; bemächtigte sich meines Armes, holte mir die Hand aus der Jackettasche, und umschloß sie feucht-herzlichen Griffs.

»Wirklich, Sir, das iss bestimmt heute'n Glückstag für Sie. Zu schade, daß ich mein' Wagen nich hier hab. 'n guter Bekannter von mir hat'n sich heute Morgen von mir geliehen; aber auf'm Rennplatz treffen wir'n schon, und nach'm Rennen wird's mir ein Vergnügen sein, Sie rumzufahren und Ihn' die Stadt zu zeigen. Komm' Se, lassen Se uns ne Taxe nehm'. Ich muß erst nochma in mein Hotel – wohn'n Se etwa zufällig im St. Charles? Nicht? Dann fahrn wir rasch ma hin.«

Das interessierte mich nun doch, ob er es tatsächlich fertig bekommen würde, ins St. Charles eingelassen zu werden, selbst in einem demokratischen Staat; aber das Versprechen gab ich mir innerlich doch, daß er mir ein zweites Mal nicht mehr die Hand schütteln sollte. Eine Taxe kam vorbei, und er rief ihr mit Mund und Hand. Der Fahrer wurde langsamer, besah sich uns Beide, und schrie herüber:

»Was'ss'n los?«

»Aber nicht in dem Ton, Sie!« rief mein neuer Bekannter seinerseits zurück. »Hier, rangefahren; mein Freund und ich wollen in unser Hotel.«

Der Fahrer taxierte uns einen Augenblick; dann redete er mich an.

»Gehören Sie zu ihm?« Ich informierte ihn, es schiene fast so; und er lenkte an den Bordstein. Mein Begleiter sprang zur Wagentür, und packte deren Griff, genau in dem Augenblick, als der Fahrer seinerseits von innen öffnen wollte, und eine zeitlang ergötzten sich die Beiden an dem kindlichen Spiel.

»Flott, flott, mein Lieber. Was soll das bedeuten? Mensch, ich bring' Sie zur Anzeige!«

»Lassen Sie doch den verdammten Griff los, Sie – – –.«

Endlich konnte die Tür sich öffnen.

»Zum St. Charles jetzt, kapiert? Mein Freund und ich haben Eile.«

»Na, dann steign Se doch ein. Ich kann Sie und Ihr'n Freund ja nirgends hin fahren, wenn Se nich in'n Wagen steign.«

Wir setzten uns also hinten hin; aber der Fahrer begutachtete uns noch immer. »Na, wohin nu? Tatsächlich ne richtige Fahrt, oder zur Polizeiwache?«

»Zum St. Charles, ha'm Se nich gehört? Ich nehm grundsätzlich dort Quartier, wenn ich in die Stadt komm'.«

»Mann, jetz aber halblang; Sie wohn'n doch nie & nimmer im St. Charles.«

»Sie, passen Se sich auf; ich laß' Sie verhaften; ich ruf'n Polizisten.«

»Sie trauen sich genau so wenig'n Polizisten ran zu rufen, wie Sie sich ins St. Charles trauen.« Er blickte auf mich. »Wollen *Sie* denn ins St. Charles?«

Wir schienen uns auf einmal in einem grausigem Vakuum von Untätigkeit im Kreise zu drehen, ohne daß es ein Entkommen gab. »Wohnen Sie denn tatsächlich im St. Charles?« fragte ich ihn jetzt.

»Naja also – praktisch schon. Mein Freund arbeitet im Alhambra-Bad gleich neben'm St. Charles; warum soll ich also großartig im Hotel übernachten, wenn mein Freund darauf besteht, ich solle zu ihm kommen, wie?«

Der Fahrer musterte ihn unheilverkündend. »Sie wollen im Alhambra-Bad wohn'n? Da sind Se woll ne Woche lang nich bei sich zu Hause gewesen, was?«

»Wie?! Hörn Se ma, mein Lieber –«

Der Fahrer wandte sich erneut an mich. »Nehm Se Rat an, Mister,: jagen Se den Vogel hier weg, und gehen Se den Geschäften nach, die Se vorhaben, ja?« Ich war fast selbst schon zu einem ähnlichen Entschluß gekommen, wollte aber doch noch ein bißchen länger mitspielen. Ich bat den Mann also, uns zur Rennbahn zu fahren, und ab ging's. Nun erfuhr ich auch, wieso der Hut meines Gefährten zu diesem kuriosen öligen Glanz gekommen war; er nahm ihn ab, und wischte sich das Gesicht damit. Dann wurde er wieder redselig.

»Jee, das ist doch ne Schande, was man sich als Dschentlmänn von diesen Taxischoffören bieten lassen muß. Glauben Se mir, Mister, ich bin'n Dschentlemänn gewesen, mein Leben lang, und nich gewohnt, von Taxen abhängig zu sein. Ausgerechnet heute muß ich meinen Privatwagen 'm Freunde geborgt haben. Aber morgen, verlassen S'ich drauf, komm ich zu Ihn' ins Hotel. Wissen Se was, ich stell Ihn' den Wagen morgen 'n ganzen Tag zur Verfügung, iss's recht? Ich bin'n Dschentlmänn, und gern in Gesellschaft von m Dschentlmänn. Jawohl, Sir; morgen soll keiner meiner Freunde mehr den Beleidigungen eines –« er stieß mit dem Kopf in Richtung des Rückens des Schofförs, und gab mit gedämpfter Stimme eine solche Gemeinheit von sich, daß ich ihm angewidert Einhalt tat und verbot, den Mund wieder aufzumachen, ehe wir nicht die Rennbahn erreicht hätten.

Als die Taxe hielt, hopste er flink heraus, und ließ die Finger in seiner Westentasche verschwinden. »Können Se auf'n Zwanziger rausgeben?« Und zwischen seinen Fingerspitzen erschien die Ecke einer Banknote – tatsächlich, ein 20-Dollarschein.

Der Fahrer wies ärgerlich auf die Ablesung der Taxiuhr. »Was denken Sie wer'ch bin – Carnegie?«

»Ich zahl die Fahrt«, griff ich ein. »Ihre Banknote können wir am Eingang wechseln.«

»Nicht'och, nicht'och«, sagte er hastig, »ich muß doch irgendwo auch noch Kleingeld haben – hier ha'm Se das Ihrige, Mann. Und benehm S'ich anständiger, wenn Se das nächstemal wieder n paa Dschentlmänn fahr'n.«

Des Fahrers Erwiderung ging im Lärm des anlaufenden Motors unter. »Nehm' Se zwei«, fuhr er, zu mir gewandt, fort, »Ich geb's Ihn'n drinnen wieder.«

Ich erstand zwei Eintrittskarten, und wir passierten das Drehkreuz. Ein Rennen war gerade vorbei; wir bahnten uns durch den Höllenlärm und Aufruhr des Acht-zu-Eins unsern Weg, und kamen vor den Tribünen heraus. Glatt strömte die Bahn an uns vorbei, in weitausgreifendem Kreis: eine lange Gerade, und wieder die Kurve und dann bog sich's ein zur Zielgraden – ein anmutiges Riesenoval, die Grasnarbe von einem Grün, bei dem man sofort an Gift denken mußte – nur 1 Mundvoll davon, und man fiel auf der Stelle tot um, ob Mensch ob Tier. Vom Sattelplatz her schimmerten munter die seidenen Dresse der Reiter; und oben im Blauen fochten kleine pausbackige Wölkchen ihr privates himmlisches Handicap aus.

»– vorhin schon sagte: ich kenn'n Dschentlmänn sofort raus, wenn ich ein'n seh; und bin stolz auf Ihre Bekanntschaft. Jawohl, Sir; wenn mir'n Mensch gefällt, bin ich sein Freund, und nehm' ihn unter meine spezielle Obhut: an nichts wird es ihm mehr fehlen, an gar nichts. Was nun diesen kleinen Jockei anbelangt, von dem ich Ihn'n erzählte, das'ss mein Cousin, verstehn Se? Also das'ss'n Eingeweihter, für jegliches Rennen, das hier gelaufen wird. Der iss in Ordnung, mich könnt'er ja nich dumm machen – ich bin zu lange in der Branche tätig, als daß man mich noch über's Ohr hauen könnte. Ich hab sämtliche Rennen auf der ganzen Erde verfolgt, wissen Se: ich hab die in Parriess gesehen, und die Rennplätze in England, und für diesen klein'n Jockei hier bürge ich, wie wenn's mein leiblicher Bruder wäre, ja? Klar, *Sie* könnt' er auch nich dumm machen, selbst wenn ich mich nicht um Sie kümmerte – Sie sind in der Welt rumgekomm', das hab' ich gleich gemerkt. Wenn Se'n sehen, ich wette, Sie sagen sofort: der hat wirklich das intellijenteste Gesicht, das mir bis jetzt über'n Weg gelaufen iss, denken Se an meine Worte nachher. Aber der Junge hat im Augenblick ne ausgesprochene Pechsträhne. Er hat'n bissel Übergewicht, und hat sich auch irgendwo'n Husten geholt, nich schlimm, aber grade soviel, daß er nich riskieren kann, sein Übergewicht runter zu trainieren. Deswegen reitet er zur Zeit nich aktiv mit.«

»Nu liegt noch'n anderer Freund von ihm im Krankenhaus, auch'n Jockei: ohne Alles, ohne jeden Fennich. Mein Wort drauf, ich hätte heulen können, wie er mir von diesem arm'm Kerl erzählt hat, wie der da liegt, und die Ärzte schnitzeln den liebenlangen Tag an ihm rum; ohne Alles, ohne jeden Fennich. Ich hab'n weiches Herz, Mister, ich will's nur offen zugeben; und wenn mir einer gefällt, dann gefällt er mir, nich wahr? Was mein'n Se: wollen wir nich von jedem Wettgewinn hier 5 Dollar stiften für den arm'm Jungen, der da so alleine im Krankenhaus liegt? Uns tut's ja nich weh, bei dem Reibach, den wir jetz gleich machen werden, mit den Tips von dem Cousin von mir. So auf's Geld sind wir ja Beide gar nich, Sie und Ich: was wir wollen, iss'n bissel Sport zur Unterhaltung; aber dann sag ich mir auch immer, wenn man seinen Sport haben kann, *und* sich gleichzeitig gesund stoßen, ja dann aber doch ran, sag ich mir immer. Ah, da iss er schon – hallo, Dschock!«

Und er kam herzu, ein dünner Bursche in einem auffälligen

Anzug. Das glatte Oval des Gesichts erinnerte etwas an ein Mädchen, und seine grauen Augen wirkten, abgesehen von ihrer frühreifen Weltklugheit, offen und gutartig. Aber ein Blick auf seine schmalen mageren Schultern und die flache Brust genügte, um zu erkennen, daß es sich bei dem armen Kerl mit nichten um ein bloßen Husten handelte. Und in seinen Augen las man auch das Wissen um einen frühen Tod. Mein Begleiter stellte mir seinen Cousin, diesmal ohne humoristische Wendungen, vor: Mister McNamara. Er gefiel mir vom ersten Augenblick an, und auf die betreffenden 5 Dollar einigten wir uns sofort.

4 seiner Tips erwiesen sich hintereinander als richtig – es blieb aber bei den Tips, wohlgemerkt. Für den nächsten letzten verbürgten sie sich Beide hoch & heilig – wenn das Vieh nur durchhielt, *konnte* es einfach nicht verlieren. Hier fiel mir auf, daß ich der Einzige wäre, der wirkliches Geld riskieren würde. Auf dem Papier wetteten die Beiden rüstig genug mit.

»Aber Sie haben doch noch Ihren 20-Dollar-Schein«, erinnerte ich den älteren meiner Gönner. »Sie behaupten, dieses Rennen wäre eine todsichere Sache. Warum fassen Sie da nicht zu, und machen sich gesund?«. Nein, nein! Oh, das ginge nicht. Sogar der Winkel, in dem er seinen Hut trug, protestierte ausdrucksvoll. »Zeigen Sie mal Ihren Schein her«, sagte ich. Er wich aus, und versuchte das Thema zu wechseln.

»Zeigen Sie mal Ihren Schein her«, wiederholte ich.

Er brachte ihn widerstrebend zum Vorschein – 20 Dollar schon; aber Notgeld mit Silberdeckung, das die amerikanischen Südstaaten im Jahre 1862 ausgegeben hatten. Ich händigte ihm sein Altertum wieder aus.

Dann wurde das letzte Rennen also gelaufen; und, tatsächlich, unser Pferd gewann bequem, so daß mir, nach Abzug des gestifteten Fünfers, noch ein Reinertrag von irgendwie 2 oder 3 Dollar blieb.

Beide machten sich erbötig, die Spende zu überbringen; der Jüngere mit zäher Höflichkeit; während der Andere, unter einem Wortschwall, schmeichelte, Rechte geltend machte, forderte, mir die Arme rieb und tätschelte, und dabei versuchte, mir den Schein aus der Hand zu ziehen. Schon fingen wir an, Aufmerksamkeit zu erregen.

»Hören Se, Mister, ich bin Dschentlmänn gewesen, mein Leben lang. Denken Se etwa, ich kriegte's fertig, 'n anderen Dschentlmänn über's Ohr zu hauen? Da ha'm Se aber ne ganz falsche Vorstellung von mir. Hören Se, geb'm Se mir doch das Geld, und ich bring's –«

»Mensch, hau bloß ab! Verschwinde ja, Du Ganove. – Bitte, Mister, hören Sie nicht auf ihn. Wenn der das Geld erst einmal in die Finger kriegt, sieht kein Mensch auch nur 1 Cent mehr davon.«

Der Andere schwenkte die Hände himmelwärts: »Das muß sich Einer ma anhören! Beleidigt 'n Dschentlmänn und meinen Freund vor meinen eigenen Augen! Was mein' Se, wieviel von dem Geld *Der* wohl weiter geben würde? Hören Se auf mich: in ganz Nu Orlihns gibt's keinen Schlimmeren, als Den-da.«

»Halt'n Mund«, schrie der Junge, und ergriff meinen Arm. »Halt'n Mund, Du! Er kennt Dich bloß nicht!«

»Kennt mich nich, kennt mich nich? Wer hat'n denn hergebracht, heh? Du etwa? Sagen Se, Mister, hören Se –«

»Achten Sie nicht drauf, was er sagt, Mister. Ich geb' zu, ich würd' das Geld an Niemanden weiter geben; ich will Ihnen nicht länger was weis zu machen versuchen. Wenn Sie mir nicht vertrauen, behalten Sie jetzt die Fünf, und wir treffen uns morgen wieder, den Ort können Sie bestimmen. Ich werd' Ihn' beweisen, daß ich ehrlich bin. Behalten Sie's Geld jetzt; ich melde mich morgen bei Ihnen; wir fahren wieder her, und dann fair play.«

Der Andere kreischte in letzter Not. »Gott iss mein Zeuge, er will Se ausrauben in meiner Gegenwart! Hören Se, Mister, sagen Se 1 Wort, und ich ruf'n Polizisten ran, dann hat die Belästigung 'n Ende.«

»'n Polizisten holen? Du wirst Dich grade trauen, und 'n Polizisten holen! Bitte, Mister, – «

»Hören Se, Mister. Lassen Se sich mit dem Kerl auf nichts ein. Sie kenn ihn nich, glauben Se mir! Hören Se: geben Se mir Ihre Hotelanschrift, und morgen hol' ich Se dann in mei'm Wagen ab, und wir drehen ein Heidending. Ich hab heute noch 400 in Reserve, und morgen machen wir einen Mords-Schnitt, einverstanden?«

»400 in Reserve? Abholen in seinem Wagen? Sagen Sie, Mister, hat er Ihnen schon verraten, was für'n Typ sein Wagen ist? Vor 2 Jahren hieß es, es wär'n Ford; wie er's heute nennt, weiß ich nicht. Und Einen abholen damit kann er schwerlich, denn er hat'n für zweieinhalb Dollar ins Pfandhaus geschafft: deswegen‹will er jetzt unbedingt diese 5 Piepen hier haben.«

Da sprang ihn der Andere kreischend an. Sie rangen. Packten sich in rasender Umarmung, und schwenkten sich über den Boden. »Du Räuber, Du!« keuchte der Andere, »Du willst mir nichts abgeben!« Der Bursche schüttelte ihn ab. »Schön, lös' ich Dir Deine alte Klapper aus. Aber wenn Du nich sofort Ruhe gibst, versetz ich Dir eins aufs Maul.« Wieder faßte der Junge mich am Arm.

»Hören Sie, Sir«, wisperte er überstürzt, »ich will nicht Ihr Geld, ich will Ihre Freundschaft, ja? Treffen wir uns im

St. Charles, morgen Mittag; bringen Sie 500 Dollar mit, und wir landen einen ganz dicken Coup, garantiert. Lassen Sie sich mit dem Bummler da nich mehr ein. Behalten Sie die Fünf jetzt, und ich melde mich bei Ihnen, Punkt 12, mit dem Glockenschlag.«

Der Andere warf sich, schwer atmend, zwischen uns. »Hör, mein Junge: schieb ab, Du; und laß mich mit meinem Freund privat, in Ruhe, unterhalten, verstanden?«

Der Bursche schüttelte mir die Hand; noch ein bedeutungsvoller Blick, und er zog sich zurück. Der Andere frottierte mich liebevoll, wobei er sogar versuchte, mir die Arme um den Hals zu legen. Ich blieb Sieger, und er sah sich genötigt, mir seine Mitteilung aus mindestens 1 Halbmeter Abstand zuzuzischeln: »Hörn Se, Mister: ich bin doch Ihr Freund, klar? Ich bin mein Leben lang 'n Dschentlmänn gewesen; bin gewohnt mit Dschentlmänn zu verkehren; und da wollen wir uns doch Beide nich weiter mit Gaunern befassen, wie?« (Der ‹Gauner› gab mir inzwischen immer wieder bedeutsame Zeichen, über den runden und ahnungslosen Kopf meines augenblicklichen Vertrauten hinweg.) »Geld ha'm Se'm doch nich gegeben, nich wahr? Nein? Gut; passen Se auf: hol ich Se also morgen ab, in mei'm Wagen, und dann fahren wir wieder hier raus, und kassieren anständig ein. Wie war doch Ihr Hotel?«

»Sehen wir uns im St. Charles; Punkt 12, mit dem Glockenschlag«, sagte ich. Da gab er mich frei, und ich entfernte mich. Zurück blieben Zwei, die sich über einen leeren Raum hinweg mit wilden Blicken maaßen.

22. Februar 1925

Heimat

Auf dem Bordstein saß ein Mann. In Händen hatte er eine Zimmermannssäge und einen Geigenbogen. Die Säge hielt er wie eine Geige, und unter seinem Bogenstrich entstand ein Ton, ein singendes Hallen, halb Streich- halb Blasmusik, das sogar die Atmosfäre, die schweigende Luft selbst, als fremdartig und schwer assimilierbar zu empfinden schien, so spielte sie damit, als der Bogen längst aufgehört hatte – eine flinke ländliche Weise, in einer noch unentdeckten aber harmonischen Tonart; und auch etwas Kriegerisches war irgendwie darin.

Jean Baptiste lehnte reglos in dem finsteren Durchgang. Er spürte förmlich, wie die Dunkelheit an ihm vorbei floß, hinaus auf die Straße, und davon; er sah die schwarzen Beile der Dächer im Himmel stecken; er sah die Sterne schweben, ein Schwarm von Rosen, magisch festgehalten über einem offenen Sarg. Menschenschicksal, das heißt Hakenschlagen um dunkle Ecken, ging es ihm durch den Kopf. Seinen Entschluß konnte er natürlich immer noch rückgängig machen, noch war es Zeit dazu; aber eben diese Möglichkeit bildete keinen geringen Teil seines Unbehagens. Wenn er es doch erst hinter sich hätte! Entweder Fleisch wäre, oder aber Fisch, anstatt dieses albernen Keins-von-Beiden; dieses sich für das Eine endgültig entschieden zu haben, und nun wieder warten und denken müssen. Also dies Denken kann ein' Menschen tatsächlich unter die Erde bringen.

Wenn er bloß vergessen könnte, daß sein Entschluß immer noch rückgängig zu machen war! Wie einfach würden die Dinge dann liegen. Sich entschließen, dann handeln; und ein für alle Mal jenseits der Schranken sein. Aber jetzt, auf diese Weise, hatte er natürlich inzwischen eingesehen, wie er von der Hitze des Augenblicks und seinen gegenwärtigen mißlichen Umständen überrumpelt worden war. Aber zu spät war es noch nicht. Noch war es Zeit.

Sicher, er würde sein Wort brechen. Was würden Peter und der General und Toni der Makkaroni von ihm denken? Und was würde dieses komische Ding in ihm selbst, das weder Hunger kannte noch Schlaf noch Zeit, dazu sagen? Sein Wort hatte er verpfändet, daran gab's nichts zu deuteln. Und er haßte die Geschicklichkeit seiner Finger, und seine Erfahrung im Umgang mit Sprengstoffen; denn er war des Glaubens, daß – wäre er der gewöhnliche normale Einwanderer gewesen, der sein Leben dumpf als ehrlicher fantasieloser Handwerker dahinlebt – daß diese Versuchung hier nie an ihn herangetreten wäre. Und die Nötigung, sich zu entscheiden.

Aber man mußte doch wohl noch weiter zurück gehen. Er dachte an seine Knabenjahre im Süden; an das Strohdachhaus nahe dem Forst, den er im Frühling durchschweifte; wie strömte die Maienluft durch die wilden Kastanien. Wenn man in diesem gutherzigen unmöglichen Amerika daran dachte, war es, als fielen einem Lieder ein: durchs Zwielicht kam die Stimme der Schüssel mit der Abendsuppe, die auf ihn wartete; die aß er beim milden Kerzenlicht; und schlief dann traumlos die ganze lange Nacht auf seinem Strohsack, während in seinem raschen Blut der Sonnentag sich langsam abkühlte.

An seine wilden und freudvollen Jünglingsjahre dachte er, und die umsichtige Mutter, die Landfrau, die er mit seinen Jugendstreichen halb zur Verzweiflung getrieben hatte, und an ihr Wort: »Dieser schreckliche Krieg! Und aus Jean Baptiste hat er einen Mann gemacht!«

Einen Mann, jaja! Seine Kompanie fiel ihm ein, wie sie zum ersten Einsatz den Chausseeschlamm nach Bethune entlang marschierten, eine Rose im Gewehrlauf und die Zigarette hinterm Ohr. So grün war er gewesen, daß er sich unter ›Krieg‹ noch etwas Feines und Großartiges vorgestellt hatte: herzerhebendes Klingendes Spiel, und Fahnen, die sich im Morgenwind entrollen; zwei geschlagene Tage lang hatte er sich immer noch den Mantel hinten hochgeknöpft, daß er nicht schmutzig würde im Schlamm. Sogar daß der Regen morgen aufhören würde, hatte er geglaubt. Aber als dieses morgen dann gekommen war, hatte auch er endlich geglaubt, daß alles, was ›kämpfende Truppe‹ hieß, wegen irgendwelcher unbekannten Sünden ins Fegefeuer geschubst war, und dort auszuhalten hatte, bis ein gewisses, nicht näher bekanntes Wesen zu einem Entschluß gekommen sein würde, was es mit ihnen Allen anstellen wollte – sie endgültig in die Hölle spedieren oder nicht.

Ein Polizist kam vorbei; hielt an, um ihn zu mustern; und schritt dann weiter. Und Jean Baptiste erschauerte kurz, und zog sich den Jackenkragen dichter um die Kehle. Wieviele Polizisten würden ihn wohl noch sehen, und weiter gehen? Wieviele Stunden, Minuten, Sekunden noch, ehe er bei jedem schweren Schritt, bei jedem Aufblicken eines Brustschildes würde zurück in Deckung zucken müssen? Wie lange würde er überhaupt noch frei sein, sich frei bewegen können im Sonnenschein – also nicht hinter Gittern? Morgen schon würde er möglicherweise an Stahlstangen rütteln, wie ein Affe im Käfig, der nach Freiheit lechzt.

Das hat mit Angst nichts zu tun, schrie er seine Seele an. Wenn ich wüßte was Angst ist, hätte ich als Junge nicht Obst im gräflichen Park geklaut; hätte nie & nimmer getan, was ich bei Souchez getan hab'.

Aber was wird es denn schließlich sonderlich heißen? Hab' ich mich nicht schon früher glanzvoll und mit Erfolg rausreden können?

Das ja, mahnt die Vorsicht. Aber wer vermag die Kette der Tatsachen zu zerbrechen, und ein neues Glied so raffiniert einzufügen, daß kein Mensch es merkt? Wer bricht das Gesetz, und entkommt straflos? Mein ist Mein, und Dein ist Dein; und wehe Dem, der anders handelt. Denk Du ruhig an Peter; oder diesen Toni den Makkaroni: wie lange kennst Du sie eigentlich? Zehn Tage. Traust Du Dich vorherzusagen, wie ein Mensch, den Du erst 10 Tage kennst, sich in einer gegebenen Lage verhalten werde? Traust Du Dich vorherzusagen, wie Du-Selbst Dich in einer gegebenen Lage verhalten würdest?

Aber was hat es mir eingebracht, daß ich so lange ehrlich war? Arbeit, schwere Arbeit, in einem Lande, das meinem Wesen fremd ist. ›Amerika, der Goldene Westen‹ erzählen sie uns immer. Und wie weit hab' ich's gebracht? Ich esse und schlafe.

Und was wünschtest Du Dir?

Ich wünsche einen Anteil an all dem Schönen, das auf Erden vorhanden ist, von Kameradschaft, von Liebe vielleicht – was weiß ich?

Sehr wahr: was weißt Du? Wer überhaupt weiß, was er begehrt, selbst wenn er es errang? Aber hoffst Du es zu erringen, indem Du Banken beraubst?

Warum nicht? Wer Geld hat, hat Alles.

Gewiß, Wer Geld hat, hat Alles. Aber das gilt nur von Geld, das man selbst verdient hat. Kannst Du Dir Geld nehmen, das Dir nicht gehört, und damit Zufriedenheit kaufen? Kannst Du Kraft und Ausdauer aus Speise ziehen, die schon ein Anderer gegessen hat?

Oh, bei Geld liegt die Sache doch anders. Die Speise ist dann verbraucht; aber Geld bleibt unverändert.

Gut! Jetzt hast Du das Problem auf seine persönliche Gleichung gebracht. Vermöchtest Du sämtliche Speisen zu essen, die Du Dir jetzt, im Augenblick besorgen könntest?

Nein.

Bist Du schon einmal ohne Nahrung gewesen?

Ja; 4 Tage lang.

Hast aber dann wieder zu essen bekommen?

Augenscheinlich.

Ja, und siehst nicht ein, daß Er, der Dich speiste, als es nötig war, auch für Deine andern Bedürfnisse sorgen wird? Wer bist Du, Dir den Befehl über ein Fahrzeug anzumaaßen, dessen Bestimmung Du nicht wissen kannst?

Halthalt: das heißt eine strittige Frage als ausgemacht annehmen, und nun Schlüsse darauf bauen. Das mag zum Sterben ein leidlich tröstlicher Glaube sein, aber ich hab' kein Interesse am Tode: Ich will noch leben; und menschlich leben bedeutet eine Kleinigkeit mehr, als essen und schlafen. Also so einfach läßt sich das nicht entscheiden.

Durch die Dunkelheit kamen Schritte, sie hallten in der finsteren und leeren Straße, und Jean Baptiste erwachte aus seinen Grübeleien. Endlich, dachte er, würde sein Problem sich von selbst lösen, jetzt, wo Pete und der General ihn abholen kamen. Aber immer noch war Zeit zum Zurücktreten! Nein! sagte er sich; ich hab' mein Wort gegeben; jetzt halt' ich auch durch. Die Gefahr war ja gleich Null, hatten sie ihm erklärt. Er sprach nur schlecht Englisch, und war als ruhiger Arbeitsmann bekannt, der mit dem Gesetz nie in Konflikt kam. Aber das konnten sie nicht begreifen, daß weder Furcht ihn abhalten noch Gewinnsucht ihn antreiben würde. Seine Vereinsamung war Schuld daran: sein rasch verzweifelndes südliches Temperament, in einem fremden Lande, wo Niemand sich um ihn kümmerte.

Aber Pete war es nicht. Ein Mann kam vorbei, und trug – ausgerechnet – eine Säge. An der Ecke blieb er stehen, und Jean Baptiste stieß einen Fluch aus: er war jetzt unwiderruflich entschlossen. Fünf Jahre schwerer Arbeit, umgeben von fremdartigen Sitten & Gebräuchen, hatten ihm nicht 1 Pfennig Gewinn eingebracht. Alles, gleichviel was, war besser, als weiter in der bisherigen Weise dahinzuvegetieren, Alles! Sei es Luxus, oder sei es Gefängnis. Wieder spähte er die Straße hinunter, im ungeduldigen Warten auf Pete oder den General oder Toni. In seinen Händen hatte er das pikanteste Gefühl, als seien sie selbständig, abgelöste und leistungsfähigste Organismen; die Lust, die er damals im Umgang mit hochexplosiven Sprengstoffen empfunden hatte, als er, schwer verwundet und frontdienstuntauglich, in der Munitionsfabrik arbeitete, kehrte schlagartig und siebenfältig erhöht zurück. Die alte heillose Lust, die magisch-flüchtigen Stoffe zu mixen, wurde wiederum wach; auch die Erinnerung an den katholischen Geistlichen, der einst über eine ganze Tagesproduktion den Segen der Kirche gesprochen hatte – »Laß diese Granaten Frankreichs Feinde zerstäuben, Oh HERR, wie Spreu in starken Winden!«. Das Schicksal packen, wie einen Klumpen feuchter Erde, und einen neuen Menschen daraus gestalten! Napoleon hatte es so gemacht – Napoleon, ein zäher schlauer Träumer, in dessen Adern das gleiche Feuer gepulst hatte, die gleiche südliche Sonne, wie in den seinen.

Plötzlich füllte sich die leere Straße mit einem Ton; ein singendes Hallen, halb Streich- halb Blasmusik – eine flinke ländliche Melodie; und auch etwas Kriegerisches war unpassenderweise irgendwie darin. Jean Baptiste hielt inne, betroffen; und um ihn stieg die Landschaft auf, die er die seine nannte: waldige Hügel und Täler; Weiden und mächtige Kastanien in den Wiesen, wo stille Rinder grasten oder knietief in Tränken standen; junge Liebe, und aus den Kastanien hatten die Nachtigallen geschlagen, nachdem die Sonne aus dem Himmel gesunken war, und auf dem Samtkissen der Nacht die vertraulichen Sterne lagen. Oder die Hütte stand scharf im Sonnenschein, wo er geboren war, und gegessen hatte und geschlafen; oder die baumelnde Schlußlaterne eines Fuhrwerks, sanft im vergoldeten Abend, und darüber ein einziger Stern, gelb wie eine Rose. All diese sah er, und begriff, daß er ein Wahnbild verfolgt hatte, bis in ein fernes Land; daß das Schicksal ihn übers Meer geführt hatte, damit er klaren Blicks Dasjenige erkenne, was seine gedankenlose Jugend übersehen hatte, und was auch drei Jahre im Schlamm von Artois und der Champagne ihn nicht hatten erkennen machen.

Die seltsame und doch vertraute Weise stieg und sank; und Jean Baptiste löste sich aus seinem Versteck, und ging schnellen Schritts die Straße hinab. Der Musiker saß auf dem Bordstein und führte den Bogen immerfort über sein kurioses Instrument; und also gelangte Jean Baptiste rasch an ihm vorbei, ohne ihn zu stören. In dem Stück Himmel und Ende der Straße war es schon regsam geworden, wie Aufruhr der Morgendämmerung. Ein neuer Tag.

1. März 1925

Eifersucht

»Wieder mal Stricken, was?«

Seine Frau hob das glatte Oval ihres Gesichts, und ihre sanften Augen begegneten einen Herzschlag lang den seinen; dann senkten sie sich wieder auf die Arbeit. »Wie Du siehst, caro mio.«

»Stricken! Immerfort Stricken! Gibt's tatsächlich nichts andres zu tun hier, als daß Du die ganze Zeit stricken müßtest?«

Sie seufzte, gab jedoch keine andere Antwort.

»Na und?« fing er wieder an, »kannst Du nicht antworten? Hast Du's Reden verlernt?« schloß er rauh.

»Aber, 'Tono mio«, erwiderte sie, ohne den Kopf zu heben, »Du bist es doch gewesen, der darauf bestanden hat, daß ich hier sitzen solle; anstatt, wie es mir am liebsten wäre, in meinem kleinen roten Zimmer.«

»Achwas! Einer muß hier sein. Denkst Du, ich soll Jemandem extra Lohn bezahlen, damit Du die große Dame spielen und den ganzen Tag bei Deinen Klatschtanten sitzen und stricken kannst?«

Der Kellner – jung und hochgewachsen, wie ein römischer Gott, mit einer schmutzigen Schürze vorgebunden – trat zwischen sie, und legte einen Abrechnungszettel und einen Geldschein auf den Kassentisch. Die Frau gab heraus, und schenkte dem Kellner einen flüchtigen Blick. Er sah nur in das Gesicht ihres Gatten – ein fester frecher Blick, unter dem weißzähnig die blanke Satire griente – und ging wieder ab. Die Hand des Anderen auf dem Kassentisch knotete sich zu einer Faust, er starrte auf die hell werdenden Knöchel wie auf etwas kurios Neues, und flüsterte Flüche. Die Frau hob den Kopf und musterte ihn kalt.

»Sei kein Narr, Antonio.«

Er beherrschte seine Stimme mit Gewalt: »Wie lange soll das noch so weitergehen?«

»Ah, das möchte ich lieber Dich fragen: wie lange gedenkst Du Deine schlechte Laune noch an mir auszulassen?«

»Du, mit Deinem harmlosen Gesicht, Du«, zischte er wütend, und seine hitzigen kleinen Augen flackerten vor Ratlosigkeit und jähem Zorn.

Sie sah sich hastig um. »Psch«, machte sie, »die Leute kucken schon. Was willst Du eigentlich? Soll ich auf mein Zimmer gehen?«

Sein Gesicht war furchterregend. »Nein!« rief er endlich. Dämpfte seine Stimme, die am Ersticken war, und fuhr fort: »Ich will das nicht haben, hörst Du?« Noch leiser machte er seine Stimme. »Paß Dir auf, Du. Ich bring Dich um, so wahr ein Gott ist.«

Sie nahm ihr Strickzeug wiederum zur Hand. »Sei kein Narr«, wiederholte sie. »Kümmer' Dich lieber um's Geschäft – da: Kundschaft kommt. Du bist ja verrückt.«

»Verrückt oder nicht, treib mich nicht aufs Äußerste, Du.«

»Du bist verrückt: predigst, kreischst, fluchst – weshalb?«

»Du weißt genau, weshalb.«

»Ich? Hab' ich Dir jemals Grund und Ursache gegeben, Dich so zu gebärden? Wessen kannst Du mich wohl beschuldigen? Bin ich Dir etwa keine gute Frau gewesen? Hab' ich mich nicht allzeit Deinen Wünschen gefügt? Du weißt sehr wohl, daß ich nicht aus meinem eigenen Wunsch und Willen Abend für Abend hier hocke. Deine Eifersucht treibt Dich zum Wahnsinn.«

»Pa! Du bist gewarnt. Weiter hab ich Dir nichts zu sagen.«

Sein Blick irrte von Tisch zu Tisch, während er, übelster Laune, in seiner schmutzigen Schürze lauernd zwischen den paar blutarmen Topfpalmen stand; die Laufkundschaft mit unterwürfiger Unverschämtheit bediente, oder mit schnippischer Kürze die Grüße der Stammkunden erwiderte. Der lange hübsche Kellner bewegte sich flink und gewandt, war höflich und tüchtig. Der Gatte verglich die geschmeidige Anmut des jungen Mannes mit seiner eigenen vierschrötigen Figur, und in seinem Innern fühlte er es wie Feuer fressen. Wieder näherte sich der Kellner dem Kassentisch; sein Blick, der flink das Lokal durchmaß, blieb kurz auf dem Gesicht des Gatten haften, als er sich vertraulich zu der Frau hinunterbückte.

Er hatte das Gefühl, durch einen roten Nebel dahingetragen zu werden, als er auf jene Beiden zuging. Er konnte weder seine eigenen Tritte vernehmen, noch mit den Füßen den Boden unter sich erfühlen. Wie er sich näherte, entfernte sich der Kellner, und seine Frau saß wiederum über ihr Strickzeug gebückt. Auf dem Kassentisch stand ein Porzellangefäß mit Zahnstochern; als er sich auf die Tischplatte stützte, schlossen sich seine Finger um diesen Zahnstocherbehälter. Das Gerätlein barst in seiner zusammengebissenen Hand, ein schwaches hölzernes Bersten und Splittern, und plötzlich war auch eine feine karminrote Linie da, die sich zwischen seinen Fingern dahinzog, und über den Rücken seiner Hand.

»Was hat er eben zu Dir gesagt?« fragte er; seine Stimme schien ihm irgendwie trocken und leicht, wie eine zerknitterte Eierschale.

Die Frau hob den Kopf, und ihre Blicke trafen sich voll. Unversehens wurden ihre Augen groß, als wollten sie das ganze Gesicht ausfüllen. »Hör mich an«, sagte sie ruhig, »Du bist total verrückt. Was willst Du eigentlich? Hast nicht Du selbst mich hierher gesetzt? Ich hab mich nicht dazu gedrängt.« Ihre Stimme wurde jetzt auch wärmer. »Soll ich denn überhaupt keine Ruhe mehr haben? Sechs Monate geht das jetzt schon so; Tag und Nacht reibst Du Dich auf, und piesackst mich; aber nun ist das Maß voll. Entweder wirst Du jetzt wieder vernünftig; oder aber ich verlaß Dich und geh zu meinen Verwandten zurück. Du kannst wählen: es liegt in Deiner eigenen Hand. Aber bedenke wohl, ich hab's jetzt satt. Ich bin Dir eine gute Ehefrau gewesen, und werde es auch weiterhin sein, vorausgesetzt, daß Du wieder so wirst wie früher. Aber noch 1 Auftritt wie der heute Abend – und ich verlaß' Dein Haus.«

Der Mann drehte sich um, und schritt davon wie ein Betrunkener oder ein Schlafwandler. Er kam an dem Kellner vorüber, und das weiße ausdruckslose Lächeln des Anderen brachte ihn wieder zu sich. Er winkte ihm jäh zu, ging durch die Küche hindurch, und weiter in einen finsteren Durchgang, der auf einen offenen Hof hinausführte, und wartete dort, zitternd. Der Kellner war ihm gefolgt; in der beengten schattenhaften Örtlichkeit ragte er undeutlich hoch über ihm, gelockert stand er, wie ein Fechter, war verschwommen und ragte, obgleich Jener der massigere Mann war. Über ihnen war Sternlicht zu unterscheiden, und ein schwächlicher Wind störte in dem schmutzigen Hofraum herum.

»Also«, sagte er und seine Stimme schütterte, »ich weiß Alles; was habt Ihr miteinander?«

»Wollen Sie ein Verhör mit mir anstellen?«, entgegnete der andere Mann.

»Wissen will ich: was habt Ihr miteinander?«

»Wir haben überhaupt nichts miteinander; höchstens die gemeinsame Überzeugung, daß Sie verrückt sind.«

»Lügen Sie mich nicht an!«

»›Lügen‹? Das mir? Sie bezeichnen mich als Lügner?« Der Körper des jungen Mannes fiel aus wie ein Schwert; an den Mauern schien es heller zu werden vor seiner Feurigkeit. Wider Willen begann der Andere sofort vor ihm zu verzagen, obwohl er sich selbst wegen seiner Feigheit verfluchte.

»Aber ich muß es wissen! Ich werde wahnsinnig!«

»Wahnsinnig sind Sie bereits. Wenn Sie das nicht gewesen wären, hätte ich Sie längst schon totgeschlagen. – Sperr die Ohren auf, Du Tonne voller Eingeweide: Wir haben nichts, gar nichts miteinander; um ihretwillen, die Du plagst, schwör ich's Dir. Kein Wort hab' ich mit ihr gewechselt, von dem Du nicht Zeuge gewesen wärst, noch sie mit mir. Falls sie einen Andern im Sinn tragen sollte: ich bin es nicht. Ich sag Dir das, weil sie mir leid tut; wie jede Frau mir leid täte, die täglich gepiesackt würde von'ner Type wie Du.«

»Aber was hast Du vorhin eben zu ihr gesagt, heut Abend?«

Der junge Mann ohrfeigte ihn, zweimal, mit solcher Macht, daß Jenem der Kopf auf den Schultern wackelte. Der taumelte zurück. »Ich bring Dich um!« kreischte er.

»Das wagst Du nicht!« fuhr der Kellner ihn an, »das wagst Du ja gar nicht; höchstens von hinten. Und wenn Du das tätest, was würden die Leute dazu sagen? Könntest Du's ertragen, wenn Deine Frau Dich Feigling riefe? Aber zutrauen tu ich Dir's schon, und werde folglich ab jetzt auf meiner Hut sein. Aber falls Du das Experiment anstellen solltest, sorge darfür, daß es beim ersten Mal klappt; sonst gnade Dir Gott! Hund Du, und Hundesohn!«

Wieder allein, ließ sich der Gatte an die kalte Hofmauer sinken, keuchte, und fluchte vor Wut, Furcht und Haß. Es stimmte genau: er wagte es nicht. Und er gaffte in den besternten Himmel, der wie straffe Seide über den ummauerten Brunnenschacht des Hofraums gespannt war; schaute in dieselben Sterne, denen sein Blick im fernen Sizilien gegolten hatte, in seiner Jugend, als er noch ein Knabe, und das Leben klar und schön und einfach gewesen war; und in die andere junge Burschen ebenfalls staunend starren würden, wenn er, mitsamt all seiner Einbildung und Problematik, längst ruhig unter der Erde lag.

Er wagte es nicht! Der Gedanke an Meuchelmord kam ihm in den Sinn; aber er wußte, daß er danach seinen eigenen Anblick nicht mehr würde ertragen können; und sein Weib, diese Frau, die an allem Schuld war, die er sich erst vor kurzem aus ihrem Vaterhause geholt hatte, und die ihm teurer war, als alles in der Welt, lieber als das Leben selbst, diese Frau würde ihm niemals verzeihen. Er war ja praktisch schon in mittleren Jahren, und häßlich und fett dazu; wogegen sie, sie war noch jung und schön. War es ein Wunder, daß die Männer sich zu ihr hingezogen fühlten, wie es ihm ja auch gegangen war? War es ein Wunder, daß die Männer inne hielten beim Anblick des dämmrigen Gesichtsovals, mit dem roten Mund und dem Rabenhaar, den schwarzen schwarzen Haaren? Und sie – hatte sie jemals irgendwie Einen ermutigt? Nein. Sie war ihm eine gute und treue Frau gewesen, genau wie sie gesagt hatte. –

–: Weg ziehen, das war die Lösung! Sie in eine neue fremde Stadt mitnehmen; umgeben von neuen unbekannten Gesichtern würden sie möglicherweise zum zweiten Mal Flitterwochen verleben können. Das war's, was er tun wollte. Wieder hob er das Gesicht zu den unbeteiligt schwirrenden Sternen, unter denen sein Problem sich derart verheddert und verfitzt hatte. Er ließ die kühle Nachtluft mit seinem schweißverklebten Haar spielen, und atmete einmal tief durch: das war die Lösung. –

Die Frau willigte fast auf der Stelle ein. Auch mit ihren Verwandten sprachen sie die Angelegenheit durch, und vermochten deren Bedenken zu besiegen. Sie hatte ihre Eltern von Zeit zu Zeit von seiner immer zunehmenden fixen Idee unterrichtet, sodaß ihr Entschluß dort nicht allzusehr überraschte. Er war ja fleißig, und – bevor seine jetzige Anfechtung ihn überkam – auch liebevoll; in ihren Augen ein guter Ehemann; zu gut, um ihn zu verlieren.

Sobald der Entschluß gefaßt war, wurde er wieder normal und er selbst. Die Dinge verliefen sogar plötzlich derart glatt, daß er vielleicht anderen Sinnes geworden wäre; aber seine Frau blieb fest. Ein Käufer für das Restaurant fand sich in der Person des langen jungen Kellners. Das Verhältnis zwischen den beiden Männern war allerdings noch immer gespannt, und der ältere Mann vermied den Anderen. Wenn sie zwangsläufig miteinander zu tun haben mußten, benahm sich der Jüngere, als hätte sich nie etwas ereignet. Das weiße Lächeln in dem düsteren Gesicht war völlig unverändert; und dennoch hatte dieses Aufblitzen der Zähne in dem finsteren Antlitz irgenwie die Macht, den Älteren rasend zu machen, und die alten Ängste und Befürchtungen die längst schlafend geglaubten, wieder zu erwecken. Dabei war der Kellner höflicher und artiger denn je; er bestand darauf, der Signora ein Abschiedsgeschenk zu überreichen, und zwar mit so verbindlicher Beharrlichkeit, daß sie schlechterdings nicht ablehnen konnten. Und folglich machten sich die beiden Männer, eines schönen Tages zur Mittagszeit, auf den Weg, das betreffende Geschenk auszusuchen.

Eine Kette aus Glasperlen hatte sich der junge Mann gedacht, oder ein Medaillon; und man trat in einen Raritäten- und Andenkenladen, wo dergleichen Dinge zum Verkauf standen – ein unordentliches Durcheinander von Bildern, Vasen, Nipp- und Schmucksachen, von Feuerwaffen und Blechblasinstrumenten. Während der Kellner in den Sachen herumstörte, und schon wegen eines etwaigen Kaufes zu feilschen begann, stand der ältere Mann müßig daneben. Der

Käufer hatte sich an ein Fenster gestellt, aus der erhobenen Hand hing ihm die Schlinge einer Perlenschnur, unachtsam war er und wehrlos. Und durch den Sinn ging es dem Anderen, daß, seitdem sie Beide sich je zusammen im selben Raum befunden hatten, sein Feind jetzt eigentlich zum ersten Male vollständig in seiner Gewalt sei. Und während seine Hand hinter sich herumtastete, in einem Haufen veralteter Waffen, tadelte seine Vorsicht ihn schon ob solchen Gedankens. Jetzt war ja alles erledigt; morgen wurde endgültig abgereist; vielleicht würde er den Mann nie wieder zu Gesicht bekommen. Aber jetzt wäre es so kinderleicht!, wisperte eine Antwort. Wenigstens einmal sich einbilden, daß diese alte Pistole hier, liegt mir übrigens wunderbar in der Hand, ein modernes todbringendes Gerät wäre, so ungefähr: und langsam hob er die angerostete Waffe, während sein Daumen gleichzeitig den Hahn zurückzog, und die Feder, die 30 Jahre geschlummert hatte, sich spannte. So ungefähr!, flüsterte er, während er auf den seiner nicht achtenden Mann zielte, den er einst umzubringen gewünscht hatte; und zog den Finger durch.

Gleich Donner scholl es auf in dem engen Raum. Wie ein Schwert schoß eine rote Flammenlanze heraus. Der junge Kellner stürzte nach vorn, erst in ein Tischchen mit Glasgeschirr, dann auf den Fußboden; und der Andere stand kreischend, die abgefeuerte Pistole in der Hand, bis der Polizist in die Tür gestürmt kam.

5. April 1925

Meinliebermann!

Meinliebermann!

Wie er mich dann mitgenomm' hat, daß ich mir die Windspiele ma ansehn soll, die er da draußen hat, sag ich zu ihm: »Sag ma, was hasDe eigntlich vor – willstDe ne Leimfabrik aufmachn?«, sag ich. Und er sagt: »Naja, ich weiß nich. Die Lohnliste hätt ich ja allmählich jetz voll mit Typen wie Dir; aber Ihr Alle zusamm würdet ja nich genug Leim ergeben für die 20-Fennich-Marken, die se täglich ausgeebm. Knochnmehl zum Düngn, das allnfalls; aber Leim nich.«

»Das hättsDe woll gerne«, kriegt er's wieder von mir, »daß Jack Dempsey käm, und Dir Deine Karrengäule dressierte?«

»Nö«, sagte er; »was ich gerne ma hätte, das wär'n'n paa Reiter ohne Zunge. Dann bestünde vielleicht doch die Möglichkeit, daß ich ihn'n was von ihrm Beruf beibringn könnte.«

»Hör ma, mein Lieber« sag ich, »Der lebt noch nich, der mir was vom Rennsport erzähln könnte, Du.«

»Noch über sonst irgend'n Gegenstand: die Sorte kenn ich.«

»Du«, sag ich, und seh ihm fest ins Gesicht, »ich dreh Dir ganz kalt'n Hintern, und und geh meiner Wege, verstehsde?«

»Dann wird's ungefähr stimm; so hab ich Dich seinerzeit ja auch kenn' gelernt – pleite, und mit kaltem Hintern.«

»Sag ma«, kriegt ers wieder von mir, »Du bildst Dir woll ein, Du wärst besonders tüchtig, was?«

»Es muß wohl so sein«, sagt er, »Sonst wär ich ja schon vor 10 Jahrn im Armenhause gelandet, mit mei'm Stall voll kommischn Kreaturn, und Euch klugn Kindern, und Alle würdn sich am liebstn n Bruch fressn, wenn's ginge.«

Na wir flaxn also noch ne Weile so hin und her; er kann mich natürlich nich fertig machn – ich bin schließlich rumgekomm, ja? Ich hab auf den besten Böcken im Lande gesessen; und auch nich etwa so viel Dreck ins Gesicht gekriegt, daß es mein' Täng hätte ruiniern könn. Fragn Se wen Se wolln, der sich mit dem Betrieb befaßt hat, nenn Se bloß den Nam'm – Potter, Jack Potter. Tcha.

Naja, also ich dachte, kannst ja letzten Endes bei ihm bleibm, ne zeitlang zumindest. Also nehm wir uns die Zossen vor – meinliebermann, das Gruseln konnt man bei den Tierchen kriegn. Ein einziges war drunter, das man mit einigm gutn Willn'n Feerd nenn konnte; aber die andern warn so grausam, wenn man vom erstnbestn Eiswagn den Schinder ausgespannt hätte, in dem Verein wär's 'n Klassefeerd gewesn. Also geh ich hin zum Boss, und sag ihm, wolln ma sehn, was ich mit Peitsche & Sporn aus ihm machen kann.

Schön, sagt er, ihm sollt's recht sein; schlechter als er schon wär, könnten selbst wir ihn nich mehr machn, und dann noch was von'm Kleinkind, das uns ja zum Zielband hinprügeln könnte, oder sowas – das übliche Geflachse ebm, nich? Dabei wußt' er ganz genau, daß ich'n ausgekochter Reiter bin, bloß er wollt's nich zugeben. Das war so seine Art, immer so zu tun, als wär ich wie diese andern Stallrattn auch; oder daß seine Trampeltiere am Start einschlafen könnten; oder zu früh losrennen und tot umfallen. Ich hatt' sein Gerede über uns Jockeys natürlich längst durchschaut; obwohl, im Vertrauen, s' war tatsächlich'n trauriger Klub.

Naja, um zur Sache zu komm, da lern ich also diese Puppe kenn', nich wahr? Ich geh eines schön'n Abends ganz alleine für mich ins Kieno; und nebm mir sitzen zwei Unterröcke, eebm dieses Kind und ihre Freundin. Oobm läuft der Streifn, und zwar ausgerechnet n Renn-Film – meinliebermann, es war herzbrechend. Ein Feerd war dabei, dem man den Gewinner ansah; mit'm leidlichn Jockei wär er dem Feld ohne weitres davongelaufen. Und auf dem mußte doch ein Galgenvogel sitzen, der aber auch schlechterdings jeglichen Fehler machte; lehnte sich zuweit zurück und ließ sich an'n Zügeln hinterherziehn; sogar die Innenbahn ließ er sich von ner andern Schindmähre nehm, so daß er'n Tritt wechseln mußte.

»Meinliebermann«, fährt mir's so halblaut raus, »wenn'n Jockei von mir sich das zu schuldn komm ließe, erschießn würd ich den Kerl.«

Da fangn die beidn Kinder, die neebm mir sitzn, an zu kichern, und ich seh, wie die Blonde mich so verstohln mustert. »Meinliebermann«, sag ich, »das tut mir in der Seele weh, wenn ich mit ansehn muß, wie'n anständiges Feerd ramponiert wird. Wie dieser Bauerntöffel hier eebm sein's fertig gemacht hat.«

Und sie kichert wieder'n bißchen – meinliebermann, aussehn tat se, zum Anbeißen; und als sie mich fragt, ob ich n Rennplatzexperte wär, also da werd ich natürlich munter, und fang anständig an, anzugeebm, ja? Die wollen's ja so. Und wir sind schon ganz nett im Gange, da sagt sie auf einmal: »Mein, ich unterhalt mich hier so ohne weiteres mit'm fremdn Herrn. Bitte, entschuldjn Se, Mister.« Und zu das Mäulchn. Da stell ich mir vor; und erklär, daß ich keiner von diesen Flitzern wär, die bloß andauernd auf der Axe sind, und sich überall ne Puppe anzulachn versuchn; und sie taut auch wieder auf, und stellt mir ihre Freundin vor, und die Freundin stellt mir sie vor, und alles war in bester Butter.

Na jedenfalls hab ich ihn'n nach der Vorstellung dann noch'ne Brause gekauft, und für'n paa Abmde später ne Verabredung getroffen, ich sollt' noch n Freund von mir mitbringn. Also such ich mir den am wenigsten schäbigen von diesen Pennbrüdern aus, mit den' ich damals zusammen war, bring die Sache mit ihm in Ordnung, und wir treffen uns, wie mit ihn'n verabredet, und führn Se aus. Das war grade der Abmd vor dem Rennen, für das wir gemeldet hatten; um diesen Bock, den ich vorhin erwähnt hab, den wir trainiert hatten, ma zu probiern. Also informierten wir gleich unsere Häschen, daß wir heute nich lange Nacht machen könnten, denn morgen wär Diverses auf der Bahn fällig; und sie sagten, sie könnten ebenfalls nich die ganze Nacht ausbleiben. Warn hübsche flotte Kinder; aber, wohlgemerkt, durchaus anständig. Also gehn wir irgendwohin, und tanzn und reissn Witze undsoweiter, und ammüsiern uns glänzend; und wie mein Unterrock grade ma nich kuckt, lang ich hin – Se wissen schonn – und nehm ihr'n Strumpfband weg, so als Talisman; bringt ja Glück, nich?

Und die erhebt sofort ein Gejaule deswegen; aber ich sag bloß: »O mach's halblang, Baby, drück'n bißchen weniger auf de Taste. Du willst'och nich, daß se uns hier rausschmeissen?«

»Aber wie solln s'enn jetz oben bleibm?« wimmert sie.

»Runterrolln, Herzchen; einfach runterrolln«, sag ich. »So wahr ich ein Mann bin, der rauchen darf: wenn De willst, mach ich's für Dich.«

»Das könnt Dir so passen!« sagt sie; aber da kommt auch schon so ein Bulle ran, und will wissen, was hier los ist, und sie hättn'n anständiges Lokal hier, wo dergleichen Sachen nich geduldet würden.

»Saagn Se ma«, sach ich, »was denkn Se, mit wem Sie redn?«

»Ich red mit Niemandem«, sagt er. »Eure Sorte kenn ich. Ein einziges Widerwort noch, und Ihr sitzt auf der Straße.«

»Sie bilden sich wohl ein, Sie wärn wer weiß wie tüchtig, was?« sag ich; aber darauf weiß er natürlich keine vernünftige Entgegnung. Also geht sie in de Dam'gardrobe, und bringt sich in Ordnung, und dann verschwinden wir. Den

Heini hab ich vielleicht noch angesehen Sie, das könn Se glaubm; aber er hat sich weiter nichts mehr getraut.

Naja also kurz & gut, wie ich mir am nächstn Tag mein' Renndreß anzieh, mach ich mir das Strumpfband um'm Arm, aus Spaß so, nich? Die Puppen wollten auch raus komm, mich reiten sehen. Und der Boss sieht das Strumpfband da an mei'm Arm, und sagt: »Was hast'nn Du da? 'n Verlobungsring?«

»Ach hau ab, Mensch!« sag ich, und er merkt, daß mir's Ernst iss, und hält auch'n Mund.

Ne ganze Menge Zuschauer warn an dem Tag draußen, quirltn und wimmeltn durchnander, und brülltn sich die Mäuler fusselig nach'm Favoritn. Unser Feerd war zunächst n bißchen nerwös. und von den Musikkapellen und dem Gebrülle wurde's ja auch nich grade besser. Immerhin sah es, mit den übrigen Grashüpfern verglichen, gar nich so kümmerlich aus. Ich kriegte auch noch'n anständigen Platz, und Alles ließ sich recht gut an.

Wir komm' glänzend ab vom Start; der Verein obm auf der Tribüne brüllt auf; und mein Kerlchen flitzt raus aus dem Rudel, als wenn er gedopt wär. Ich halt hin aber noch etwas zurück, bis der eigentliche Favorit – der Bestaussehende in dem Rennen – aufkommt, und dann bleib ich neben dem. Um die Andern hab ich mich überhaupt nich erst gekümmert.

Bis zur Hälfte liegen wir Nase an Nase; bei Dreiviertel der Bahn geht der Andre ganz leicht nach vorn. Auf der Tribüne johln se, als wenn se'n Veitstanz hätten, und der andere Jockei geht endgültig ran. Na; laß ich mein Baby halt auch los; und wir komm die Zielgrade runter, ich reite wie'n junger Gott, um das Letzte rauszuholn, was er drin hat; wollen wir nich lange erzähln, ich gebrauch die Peitsche und bring mein Böckchen mit'ner halben Länge Vorsprung durch's Ziel.

Diejenigen, die hoch auf uns gesetzt hatten, benahm' sich wie die Indianer. N Paa davon stürmten auf die Bahn, und wurden zum Dank wieder zurückgetrieben; aber die Meisten rannten schon zum Toto, einkassieren, während die, die uns nicht gehabt hatten, hinterherkucktn.

Ich also noch ma zur Waage; und da iss auch schon der Boss, den Hut verwegen auf 1 Ohr gedrückt, und, ich möchte wetten, recht guter Laune.

»Ja, jetz bisDe mit mei'm Reiten ma zufriedn, was?« sag ich.

»Ja«, sagt er, »Du hast Dein Bestes getan, und bist trotzdem als Erster durchgekomm', zugegeebm.«

Also so was! Was soll man dazu noch sagn? Ja, mehr noch, der Kerl hat mir dies verdammte Strumpfband an n Ärmel annähen lassen. Und hat mich beschworn, ich sollte die betreffende Puppe doch auf jedn Fall dick machn, damit er'n Vertrag mit ihr schließn könnte, daß se nach & nach Strumpfbänder für alle seine Reiter liefert.

Meinliebermann!

12. April 1925

Geburtsort Nazareth

Erst unter den untadeligen Gestalten von Laternen entlang, durch ältliche, leicht angegrünte Gittertore, und dann waren wir im Jackson Park. Auf Andrew Jacksons Kopf saßen Sperlinge; während er, mit der üblichen kindisch-dünkelhaften Gebärdung, sein großlockiges Roß besaß, das seinerseits mitten im Aufbäumen aufs gruseligste erstarrt schien. Touristen gafften hinauf, dahin wo er teilnahmslos-distinguierten Blickes ritt, und eine Stimme leierte: »... bedeutendste Stück Bildhauerarbeit der Welt: es besteht vollkommen aus Bronze, Gesamtgewicht fünftausend Pfund, und das Ganze ist auf den Hinterbeinen ausbalanciert.«

Und ich mußte daran denken, wie unsere großen Männer von den diversen Stadtverwaltungen – deren Existenz ja zum entscheidenden Teil ihrem Ringen und Kämpfen zu verdanken ist – im allgemeinen so zugerichtet worden sind; und sann den Bäumen nach, wie sie doch so grün wären, oder auch das Gras, und Narzissen und Hyazinthen balancierten darin wie Spitzentänzerinnen; und segnete dabei den Genius, der einen Park erdacht & geschaffen hatte, ohne jedwedes »Verboten«-Schild, wo Bettler & Bummler in der Sonne liegen, und Kinder und Hunde sich ohne Verweis auf dem Rasen ergötzen konnten; und ich bemerkte zu Spratling, wie doch eigentlich seit Cézanne niemand mehr seinen Pinsel wirklich in Licht getaucht hätte. Spratling, dessen Hand von Natur zum Erfassen eines Pinsels geformt ist, was der meinigen (leider!) abgeht, verbreitete sich sogleich entscheidend über das Problem, Licht auf Leinwand zu übertragen; ich aber hörte ihm nicht zu, sondern schaute in die Gesichter der alten Männer, die geduldig auf den eisernen Bänken saßen, an denen wir langsam vorbeischlenderten – Männer, die einsehen gelernt hatten, wie das Leben nicht nur nicht leidenschaftlich oder freudig erregt sei, sondern auch nicht einmal sonderlich kummervoll. Einer, der zum abgewetzten Gehrock ein Paar nagelneue Tennisschuhe trug, erklärte mir diese Schuhe weitläufig, ihre Kraft & Eigenschaft, und borgte sich etwas Pfeifentabak von mir. Und dann, unter einer Mimose, in der Sperlinge delirierten, und wo im Hintergrunde undeutlich eine Diana sich wand, um ihren constrictorenen Marmordraperien zu entkommen, sahen wir ihn.

Er war ohne Hut, und sein junges Gesicht starrte versunken hinauf zur Spitze der Kathedrale – vielleicht war es auch nur irgend ein Punkt im Himmel, den er beobachtete. Neben ihm lag ein kleines Bündel; an seinem Bein lehnte der Wanderstab. Spratling hatte ihn zuerst entdeckt. »Meingott«, sagte er, und packte meinen Arm, »sieh Dir ma' das Gesicht an.«

Und man konnte sich einbilden, daß der junge David so ausgesehen hätte. Einbilden konnte man sich, daß Jonathan so von David war angesehen worden; oder daß er – das Höchste erreichend, was uns armseligen Menschen vergönnt ist – beiden gleichzeitig glich, Freunde, schön vor Friedfertigkeit und Einfachheit – schön wie Götter, wie eine Frau nie sein kann. Und der bloße Gedanke, ihn anzusprechen, sich in sein Geträum einzudrängen, war wie eine Entweihung.

Aber sein graues Auge kehrte zur Erde zurück, und er erwiderte unsern Gruß ungezwungen. »Hello«, sagte er. Seine Stimme und auch die Aussprache klang nach dem Mittelwesten: Weizenfelder fielen einem dabei ein, schläfrig unter einem blauen Himmel, und ein ganz leichter Dunst macht hinten die Landschaft diesig; an weite friedvolle Landstriche mußte man denken, wo einfachste Gesetze, Arbeiten, Essen, Schlafen, das Leben der Menschen regeln. Aber er hätte genau so gut von überall her kommen können, was ja vielleicht auch der Fall war. Er war zeitlos, und stammte eben von der Erde.

»Geht's weit?« fragte Spratling ihn.

»Ich weiß nich: so umsehen eben.«

Hungrig war er schon, hatte aber nichts vom Fechtbruder an sich. Er erinnerte Einen an eine schwangere Frau, in seinem ruhigen Glauben, daß die Natur, die Erde, die ihn hervorgebracht hatte, schon für ihn sorgen werde; daß er seine Bestimmung erfülle, sie auch bisher immer erfüllt habe, und jetzt nur noch ruhig zu warten brauche. Auf – Was? Daran hatte er vermutlich noch nie gedacht. Wie alle einfältigen Kinder dieser Erde es wissen, wußte auch er, daß selbst die Armut der Ihrigen nicht vergißt.

Er hatte gearbeitet (immer nur mit seinen Händen) und es gefiel ihm – gern spürte er den vielgebrauchten Stiel von Hacke oder Harke in der Handfläche, oder auch den einer Spitzhacke. »Es ist, als wenn man einen neuen Schuh in der Hand hält«, erklärte er uns das Gefühl, »und wenn man dann auch müde ist, und Einem die Arme 'n bißchen weh tun, man hat doch wieder 'n paar Dollar in der Tasche.« Lieber als in einem Bett schliefe er im Heu, informierte er uns; vor allem wenn dann, nach Einbruch der Dunkelheit, Rinder in der Nähe ständen, die »Nachtgeräusche« machten, und es röche so ein bißchen wie nach Milch, und nach Erde auch.

Dies und anderes ergab sich während eines Lunch bei Victor. Er aß mit dem Freimut eines Tieres, und obwohl er das Besteck recht unvorschriftsmäßig handhabte, wirkte es dennoch nicht im Geringsten anstößig – es war genau das, was man von ihm erwartet hätte, und was zu ihm paßte.

Nein, erzählte er Spratling, Bilder hätte er noch nicht sehr viele gesehen. Aber manche gefielen ihm schon, zumal wenn Leute darauf wären, wie man sie tagtäglich sieht, oder Bäume.

Bäume vor allem. Seiner Ansicht nach wären Bäume hübscher als Blumen.

»Ach, Sie sind Schriftsteller?« fragte er mich dann schüchtern. »Schreiben Sie so, wie dies Buch hier?« Aus seiner abgetragenen Jacke zog er ein zerlesenes Exemplar von Housman's: ›Shropshire Lad‹, und, während er es mir hinreichte, zitierte er den Anfang des einen, »Im Herzen Trauermelodie –« das wäre wohl fast das Beste, was ihm bis jetzt begegnet wäre, vertraute er uns.

»Warum gehen Sie nicht nach Hause?« fragte ich ihn.

»Das kommt auch eines Tages. Aber das ist nich der Grund, warum das Stück mir gefallen hat. Ich mag's deshalb, weil der Mann, der es schrieb, wirklich so gefühlt, und sich nich drum gekümmert hat, ob es Einer erfährt.«

»Ist das so ungewöhnlich?« fragte ich.

»Sir?«

»Ich meine: etwas zu fühlen; und es dann genau so, wie man es fühlt, niederzuschreiben?«

An dieser Stelle erkundigte sich Spratling, ob er mal was von Elizabeth Browning oder Robert Frost gelesen hätte? Nein – von Denen hatte er noch nie gehört. Es schien, man hatte ihn in Kentucky einmal zum Essen eingeladen, und er hatte als Bezahlung dafür Holz gesägt; beim Abschied hatte die Frau ihn dann noch gebeten, für sie ein paar alte ausrangierte Magazine und Bücher wegzuwerfen. Und unter ihnen hatte er dann diesen seinen ›Shropshire Lad‹ gefunden.

Als wir wieder auf die Straße traten, überkam uns sogleich jenes bekannte Vorgefühl, nach Abschied & Trennung, wenn die feinen Fäden des Verständnisses langsam zergehen.

»Aber Sie werden Geld brauchen«, bemerkte ich.

Spratling griff ein. »Kommen Sie doch morgen um 3 zu mir. Ich kann Sie als Modell brauchen.«

»Aber morgen bin ich vielleicht nicht mehr hier«, wandte er ein.

»Dann nehmen Sie aber etwas Geld von Uns an«, versuchte Spratling ihn zu überreden.

»Schön' Dank, Sir«, wehrte er ab. »Ich schlag mich schon durch. Aber ich dank Ihnen beiden fürs Essen, Mister.«

»Seien Sie nicht albern«, war Spratling's Erwiderung.

»Nein, Sir; ich werd mir aufpassen.«

Die Menschen sind niemals so kompliziert, auch wir selbst nicht, wie wir uns gerne einreden möchten. Also sagte ich einfach: »Wir geben Ihnen jetzt 1 Dollar, und Sie kommen morgen zu dieser Adresse hier.«

»Aber, Mister, ich bettel doch nich: ich bin auf Ihr Geld nich angewiesen. Bis zum Abend hab' ich längst irgend ne Beschäftigung gefunden.«

»Nein, nein; nehmen Sie das Geld nur, und melden Sie sich morgen bei Uns.«

»Ich kann aber wirklich jederzeit'ne Beschäftigung finden.«

»Sicher«, entgegnete Spratling, »aber ich würde es gern sehen, wenn Sie morgen Nachmittag zu mir kämen.«

»Aber, Mister, vielleicht bin ich doch gar nicht mehr hier.«

»Aber wollen Sie auch dann nicht kommen, wenn Sie mir einen Gefallen damit täten?«

Sein Blick wanderte in schwerem Nachdenken Chartres Street hinunter. »Es müßte sich eigentlich machen lassen. Aber ich möchte Ihnen doch lieber etwas für Ihr Geld geben.« Er wandte sich zu mir; »Hier; Sie sind ja ein Mann, der schreibt. Ich geb' Ihn' das hier; und falls ich nicht da sein sollte, dann behalten Sie's, für den Dollar.«

Und was nun hier folgt, ist das, was er mir gab. Zuweilen ist die Interpunktion dürftig, und die Rechtschreibung mangelhaft: und 1 Wort ist darin, das ich nie zu entziffern vermocht habe. Aber die geringste Korrektur würde Alles verderben.

Eine freie Straße, die sich fernhin erstreckt. Lange Reihen von Zäunen säumen sie beiderseits. Hinter den Feldern, in der Weite, niedrige Hügel. Keine bedeutenden Hügel, eher Bodenwellen, mit blauem Dunst wie verhangen.

Autos surren vorbei. Autos voll mit Ausflügler-Familien. Autos in den nur Einer sitzt. Klapprige Fords, in denen Farmer zur Stadt fahren. Autos voll mit geputzten Familien, die bestimmt Verwandte in irgend einem nahen Städtchen besuchen wollen.

Mein Bündel auf dem Rücken (es besteht aus den notwendigsten Gegenständen, in 2 Decken eingerollt), ziehe ich meines Weges. Der Wind trägt mir den Geruch von Heerdfeuern aus Bauernhäusern zu. Reine Luft füllt mir die Lungen, und das ergibt ein Hochgefühl, das ich mit keinem anderen mir bekannten vergleichen kann. Die Morgensonne wirft lange Schatten über die Felder. Der Tau vom frühen Morgen glitzert, und die hohen Gräser, die den Straßenrand überhängen, sind ganz schwer davon. Ich bin in Frieden mit der Welt. Nichts drängt mich.

Gegessen habe ich in einem kleinen Gasthaus. Gut geschlafen, auf trockenem Maisstroh, in der langen Gasse zwischen zwei Feldern. Keinerlei Eile tut not. Ich habe kein Ziel. Ich bin in Frieden mit der Welt.

Gefährten sind mir meine Gedanken. In den allein verbrachten Tagen habe ich mir angewöhnt, mich laut mit mir zu unterhalten. Hähne krähen; Vögel singen; langsam winkt eine Krähe ihres Wegs, von einem fernen Waldhaufen zum anderen. Es scheint, daß ich in echter Verbindung mit der Natur bin.

Wie die Sonne höher klimmt, widerstrahlt rechte Sommerglut von den Wänden der langen gelben Maisgassen. Die Straße flimmert, und ist ein weißes Band, das kein deutliches Ende am Horrizonnt hat. Ich schwitze. Große Tropfen rollen mir übers Gesicht, und laufen mir in den offenen Kragen. Die Hitze ist gut; sie macht einem die Beine locker, und wärmt den Erdboden durch für den Nachtschlaf.

Meile auf Meile bleibt zurück. Dann und wann hält ein Auto, und man nimmt mich ein Stück mit. Nicht, daß ich danach fragte. Was sollte ich nach Autofahrten fragen, wo Alles um mich her voller Zufriedenheit ist? Wer mir gern behilflich sein möchte, mag es immer tun; Andere mögen ihren eigenen Weg verfolgen. Ich habe kein Ziel. Warum sollte ich eilen?

Dann kommt der Mittag, und ich esse ein einfaches Mahl, Suppe und Milch. Die Hügel, die heute früh vor mir lagen, umgeben mich jetzt. Die Straße verläuft nicht länger schnurgerade, sondern schlängelt sich zwischen ihnen, sie steigt und fällt. Bäume überhängen sie, und spenden willkommenen Schatten in der Mittagsglut. Die Natur scheint mich beschirmen zu wollen.

Den ganzen Nachmittag verbringe ich bequem hingelehnt auf dem Rücksitz eines rasch dahinrollenden Personenautos (der Besitzer hatte mich eingeladen, mitzufahren). Neben mir auf dem Rücksitz ist ein Hund, und wir unterhalten uns nach besten Kräften miteinander. Ich kraule ihm die Ohren; er legt dafür den Kopf lustig schief und wedelt mit dem Schwanz. Ich halte für eine Minute inne, um mir anzuschauen, wie die Gestalt eines Hügels sich ändert; und schon stupst er mich leise mit der Nase an. Meine Hand kehrt zu seinem Kopf zurück, und unsere Kameradie beginnt von neuem.

Die Sonne sinkt tiefer, und verschwindet endlich hinter

dem Hügel. Es ist noch massenhaft Zeit, ein Nachtlager zu finden. Wir erreichen ein geschäftiges Bergstädtchen, und ich nehme meine Hauptmahlzeit zu mir. Das Essen schmeckt, wie Essen eben nur Einem schmecken kann, der den ganzen Tag in freier Luft verbracht, und dem anhaltende Bewegung Appetit gemacht hat.

Gemächlich durchziehe ich erst die Hauptstraße des Städtchens, dann das Villenviertel, und dann bin ich auf dem städtischen Camping-Platz. Während des Gehens sehe ich mir die Leute an, wie sie auf ihren Veranden sitzen, lesen oder plaudern, und sich's wohl sein lassen in dem Bewußtsein eines erfüllt-vergangenen Tages. Anschließend komme ich durch das Gebiet der offenen Vorplätze und Treppenaufgänge. Hier sitzen, an die Hauswand gelehnt, die Arbeiter, die Schuhe ausgezogen, den einen Fuß aufs andre Knie gelegt; sie rauchen und unterhalten sich über ihre Arbeit, über Sport und Politik. Ich erhasche einzelne Worte und Bruchstücke von Sätzen im Vorüberziehen. Dann und wann unterbricht eine Gruppe auf ihrem Treppenabsatz die Unterhaltung, um mich zu mustern. Dann ruft eine Stimme wohl, »Wo kommst'nn her, Junge?«, oder eine andere, »Wo soll's'nn hingehn?«

Auf dem Campingplatz suche ich mir meine Stelle soweit entfernt wie möglich von den Zeltreihen, und breite meine Decken aus. Ich wasche meine Socken, die hart geworden sind von Schweiß und dem Staub der Straße. Ich putz mir die Zähne, und bade mich, so gut ich kann.

Normalerweise ziehe ich es vor, auf freiem Feld zu schlafen, beziehungsweise im Schutze des Waldes, fern von Menschen. Heute Abend jedoch fühle ich das Bedürfnis nach Gesellschaft von Wesen meiner Art; also bummele ich durchs Lager, und tausche Erfahrungen, Geschichten, Landstraßenklatsch aus, mit mütterlich dicken Frauen, die Geschirr abwaschen; mit Wanderarbeitern; Geschäftsleuten, die zur Abwechslung einen Ausflug machen; oder Gruppen junger Männer, die irgendwohin wollen. Manchmal helf' ich einer der Frauen beim Abwaschen, und bekomm nächsten Morgen dafür ein Frühstück zum Lohn.

Wie es dunkler wird, sieht man die Feuer deutlicher. Die hellen Wände der Zelte sind lichtdurchlässig. Irgendwo beginnt Musik, und einige der jungen Leute fangen auf der offenen Veranda des kleinen Einheitspreis-Geschäftes, wo die Camper ihren Bedarf decken, zu tanzen an.

Besondere Zeremonien sind bei solchem Tanz nicht nötig. Sind wir Alle doch Brüder und Schwestern. Mitglieder sind wir von der Bruderschaft der Landstraße; Manche für kurze Zeit, Andre für immer.

Freundschaft wird schnell geschlossen. Hier ist ein deutscher Schauspieler, ein komischer, verdrehter kleiner Kerl, den Hut auf einem Ohr, der mit einem jungen Schweden aus Dakota, der unverkennbar erst ganz kurze Zeit im Lande ist, Karten spielt. Der Schauspieler will nach Westen, sein Glück beim Film zu versuchen; der Schwede will sich bloß die USA ansehen. Wenn das Geld alle ist, gedenkt er sein Auto zu verkaufen, und auf Arbeit zu gehen.

Ein schlacksiger Mann aus Arkansas mit hagerem Gesicht schildert mehreren schweigsamen Leuten aus dem Westen die Schwierigkeiten, die er im Nordwesten hatte. Sein jüngster Sohn, ein Junge von Neun, erzählt inzwischen einem Spielkameraden: »Wir sind bald schon das ganze Land durch. Wir sind in Vancouver gewesen, von Kalifornien bis rauf. Jetzt wolln wir in die Oststaaten, und wer'n auch bald da sein; das heißt, wenn Paps nich anhalten und sich um Arbeit kümmern muß, als Zimmermann, damit wir Benzin und Essn kaufn könn'.«

Ich habe die Geschichte wiedergegeben, Wort für Wort, wie er sie niedergeschrieben hat. Ich habe weder an Ortografie noch Interpunktion etwas geändert. Einige Worte sind ohne besondere Bedeutung, soweit ich urteilen kann (und Worte sind immerhin mein Speis' und Trank); aber sie gegen andere auszutauschen, hieße David selbst verfälschen. Und also habe ich es weitergegeben, wie es mir eingehändigt wurde: ungeschickt und kindlich und ›kollegial‹; und dennoch spürt man irgendetwas dahinter, einen Antrieb, der den Wunsch in ihm wachwerden ließ, das Ganze schriftlich festzuhalten. Wer weiß schließlich? Warten wir ab. Hat er doch Spratling und mir, errötend, anvertraut, daß er Siebzehn wäre.

Aber ihn so zu sehen, in seiner abgetragenen Kleidung, mit dem reinlichen jungen Gesicht, und dem wohltuenden Glauben, daß das Leben, die Welt, unser Geschlecht, doch an irgendeiner Stelle gut und heil und schön sei, war tröstlich zu schauen.

Zu einem festen Versprechen uns aufzusuchen war er nicht zu bewegen. »Ich hab es geschrieben, sehen Sie, und es hat mir gefallen. Natürlich iss es nich so gut geworden, wie ich mir gewünscht hätte. Aber es steht Ihnen zu Diensten.« Sein junges Gesicht sah lange in einen Himmel, der mit Worten nicht wiederzugeben ist, und das Sonnenlicht lag wie eine unaufhörliche Einsegnung auf ihm.

»Wissen Sie«, verhieß er uns, »ich kann ja jederzeit eine neue schreiben.«

26. April 1925

Das Reich Gottes

Der Wagen kam in hohem Tempo Decatur Street herunter, bog scharf in die Nebengasse ein und bremste. Zwei Männer sprangen heraus. Der Dritte jedoch blieb sitzen. Das Gesicht dieses Dritten Sitzenden wirkte ausdruckslos und dumm und der Mund gaffte ihm auf; seine Augen waren so klar und blau wie Kornblumen aber völlig gedankenleer; so hockte er da, ein ungestalter angeschmutzter Fleischklotz, ein Lebendiges ohne Seele, ein Organismus ohne Intelligenz. Aber immer standen in seinem sabbernden Gesichtsvakuum diese zwei Augenscheiben aus herzerschütterndem Blau; und fest in der einen Faust hielt er eine Narzisse.

Die Zwei, die aus dem Wagen gesprungen waren, duckten sich jetzt in sein Inneres, und gingen unverzüglich an die Arbeit. Gleich richteten sie sich wieder auf, und auf der Tür des offenen Autos lag jetzt ein ungefüges Jutebündel. In der Mauer gleich daneben tat sich ein Tor auf; kurz erschien 1 Gesicht im Spalt; und verschwand wieder.

»Los, mach, daß wir das Zeug hier raus kriegen«, sagte der Eine der Männer. »Angst hab' ich zwar nich; aber ne Lieferfahrt mit'm Bekloppten dabei bringt nie Glück.«

»Hast Recht«, erwiderte der Andere. »Sehn wir zu, daß wir das hier erledigen; wir haben heut noch zwei weitere Touren zu machen.«

»Den nimmsDe aber doch nich etwa nochma wieder mit, oder?«, fragte der erste Sprecher, indem er mit dem Kopf auf Jenen wies, der, ein vergessener Klumpen, seinen Wagenplatz füllte.

»Aber sicher. Er tut doch Kei'm was. 's doch eher ne Art Talisman.«

»Na, in mein' Augen nich, Du. Ich bin jetz schon ne ganz hübsche Zeit im Geschäft tätig, und noch nich 1 Mal geschnappt worden; aber nich etwa weil ich mir so'n Grillenfänger als Talisman angeschafft hätte.«

»Ich weiß, wie Du über ihn denkst – hast's oft genug gesagt. Aber was sollt' ich denn machen, wie die Dinge heute lagen? Er hatte keine Blume mehr; seine alte hatte er gestern Abend irgendwo verloren; und in sei'm Zustand dann, wenn er immer 'ne neue sucht, konnt ich ihn doch nich frei rum laufen lassen; und wie ich ihm dann heut früh wieder eine besorgt hatte, war's zu spät, ihn noch irgendwo hin zu setzen. Er hätte sich zwar überall vollkommen ruhig verhalten, bis ich ihn wieder abgeholt hätte; aber möglicherweise hätt' ihn ja irgend'n Polyp geschnappt.«

»Was das Schlimmste auch nich gewesen wär'«, fluchte der Andere. »Verdammt nochma, ich begreif nich wieso Du Dich mit Dem rumschleppst; wo's doch massenhaft die besten Heime gibt für solche Typen.«

»Hör ma – er iss schließlich mein Bruder, ja?! Und was ich mit ihm mache, meine Angelegenheit. Und Keiner, und wenn er noch so lange Haare dran hat, braucht mir'n Rat zu geben.«

»Ach ja, ja, iss ja gut. Ich will'n Dir ja gar nich weg neh'm. Aber man soll nich mit ihn' rumalbern; da bin ich abergläubisch, das iss das Ganze.«

»Na dann halt aber gefälligst auch Dein' Mund in dieser Beziehung. Wenn Du nich mit mir zusamm' arbeiten willst, brauchst'e 's bloß zu sagen.«

»Jaja, 'ss ja gut, mach Dir nich gleich ein.« Er warf einen Blick auf den Torweg, in dem sich nichts regte. »Herrjee, was ist mit den Ganoven denn heute bloß wieder los? Verdammt noch ma, wir können doch nich hier so stehen bleiben und warten. Vielleicht besser, wenn wir weiter führen; was meins'Du?«

Während er noch sprach, öffnete sich jenes Tor zum zweiten Mal, und eine Stimme sagte: »Alles klar. Los.«

Der Andere packte ihn im selben Augenblick beim Arm, und stieß einen Fluch aus: an der Straßenecke, zwei Häuserblocks entfernt, tauchte ein Polizist auf; blieb einen Augenblick stehen; und kam dann die Straße heruntergeschlendert, gerade auf sie zu. »– n Polyp kommt. – Jetz aber lebhaft, Du: hol Dir von den Kerln drinn' Einen zu Hilfe; ich lenk ihn unterdessen ab, und versuch', ihn so lange festzuhalten, bis Ihr ausgeladen habt.« Der Sprecher eilte davon; und der Andere, nachdem er noch einen hastigen Blick rundum geworfen hatte, faßte den Sack, der über der Wagentür lag und trug ihn im Geschwindschritt durch den Torweg. Kehrte zurück, bückte sich wieder über die Seite des Wagens, und versuchte, den nächsten Sack auf die Tür zu heben. Sein Gefährte und der Polizist standen indessen oben beieinander, und unterhielten sich.

Auf seinem Gesicht brach der Schweiß aus, während er mit der ungefügen Last rang, und sich mühte, sie vom Boden des Wagens hoch zu kriegen. Bewegen ließ sie sich wohl, schien aber trotz seiner äußersten Anstrengungen irgendwo fest zu hängen; und der Rand der Karosserie preßte ihm die kurzen Rippen zusammen und drohte ihm die Luft abzuschnüren. Wieder warf er einen Blick zu dem Beamten hinüber. »Was'n Pech; so'n verfluchtes Pech!« keuchte er, während er erneut den Sack packte. Er ließ eine Hand los, und faßte damit die Schulter des Idioten. »Hier, Bubi«, wisperte er, »dreh Dich ma hier rum, und faß mit zu, schnell!« Der Andere wimmerte auf bei der Berührung; aber der Mann zerrte ihn halb herum, so daß sein leeres baumelndes Gesicht über den Rücksitz zu hängen kam. »Los, los, um Gott'swilln«, wiederholte er in Verzweiflung, »hier, faß hier an, ja?, und heb ma mit hoch.«

Die blauen Augenhimmel waren auf ihn gerichtet, ohne zu begreifen; aus dem speichelnden Mund sanken feuchte Schlieren und tropften dem Mann auf den Handrücken; nur seine Narzisse hob sich der Idiot näher an's Gesicht. »Mensch!« – der Mann kreischte fast – »Wills'De mit Gewalt ins Kittchen? Hier, faß zu – Herr des Himmels!« Aber der Idiot starrte ihn lediglich an, in feierlicher Unerreichbarkeit; und der Mann richtete sich auf, und hieb ihn fürchterlich mitten ins Gesicht. Die Narzisse, eingeklemmt zwischen Faust und Wange, knickte ab, und hing schlaff über die Faust des Wesens herunter. Es johlte laut, ein heiseres buchstabenloses Blöken, das der Bruder, der neben dem Beamten stand, vernahm, und sogleich herbeigesprungen kam.

Die Wut des anderen Mannes war rasch verraucht, und er stand ratlos und erstarrt vor Verzweiflung, als die Vergeltung über ihn kam. Der Bruder sprang ihn an, schreiend und fluchend, und beide wälzten sich sogleich auf dem Pflaster. Unaufhörlich heulte der Idiot, und füllte die ganze Straße mit schrecklichem Geschalle.

»Meinen Bruder schlagen, was Du? Du –!« keuchte der Mann. Der Andere, nach der ersten Überraschung, wehrte sich nach Kräften; bis der Polizist unter Hieben und unparteiischen Flüchen eingriff. »Was, zum Deuwel, iss 'nn hier los?« wollte er wissen, als sie wieder aufrecht standen, zerzaust und wilden Blicks und atemlos.

»Er hat mein' Bruder geschlagen, dieser –«

»Daß Jemand ihm was getan hat, sieht'n Blinder«, herrschte der Beamte ihn an. »Unternehm' Se um Himmels Willen was, daß der Krach aufhört!«, versuchte er die ohrenbetäubenden

Töne zu überbrüllen. Ein zweiter Polizist bahnte sich seinen Weg durch die sich allmählich vergrößernde Zuschauermenge. »Was habt Ihr d'nn hier Schönes? 'ne verrückt gewordene Kuh?« Aus dem Mund des Idioten drangen Schallwellen unglaublicher Art, bald lauter bald wieder abschwellend; und der zweite Polizist trat an den Wagen und schüttelte ihn.

»He; He Sie!« begann er; als der Bruder, sich unversehens dem Griff seines Häschers entwindend, ihm auch schon auf den Rücken sprang. Sie stürzten gegen das Auto; der erste Beamte ließ jetzt auch seinen zweiten Gefangenen los, und kam dem Kollegen zu Hilfe. Der andere Mann blieb wie betäubt stehen, jeglicher Kraft zur Flucht beraubt; während die beiden Beamten mit dem Bruder handgemein waren, ihn niederrangen, und den Schreienden und um sich Tretenden, mühsam bändigten, bis er erschöpft inne hielt. Der später hinzugekommene Polizist hatte zwei lange Kratzer auf der Backe. »Puh!« jappte er, und betupfte sich die Kinnlade mit dem Taschentuch, »so eine Wildkatze! Ist denn der ganze Zoo heute ausgebrochen? Was liegt eig'ntlich vor?!« brüllte er durch die erhabenen Kummerlaute des Idioten.

»Ich weiß selber nich genau«, röhrte sein Kollege zurück. »Ich hör den hier im Auto losgurgeln, und schau mich um, und da wälzen sich die Beiden auch schon im Rinnstein und prügeln sich. Der hier behauptet, der andre hätte seinen Bruder geschlagen. Wie ist das, heh?« schloß er, und schüttelte seinen Gefangenen.

Der Mann hob den Kopf. »Jawohl, geschlagen hat er ihn, mein' Bruder. Ich bring den Hund um dafür!« schrie er in neu erwachender Wut, und versuchte sich auf den anderen Festgenommenen zu werfen, der sich hinter den zweiten Polizisten duckte. Der Beamte hielt ihn gewaltsam zurück. »Na, jetz aber Ruhe! Soll ich Sie zur Vernunft prügeln?

Unternehm' Sie lieber was, daß der Kerl im Wagen zu blöken aufhört.«

Zum ersten Mal sah der Mann jetzt auf seinen Bruder. »Seine Blume iss kaputt, sehn Sie nich?« erklärte er »deswegen heult er so.«

»›Blume‹?« echote der Hüter des Gesetzes. »Sagen Se, was soll d'nn das wieder heißen? Iss Ihr Bruder ungesund; oder schon tot, daß er unbedingt'ne Blume haben muß?«

»Na, tot iss Der schwerlich«, mischte sich der andere Polizeibeamte ein, »und kränklich klingt die Stimme auch nich grade. Was soll'nn das sein: ne Theatervorführung? Was geht denn hier vor sich?«. Erneut spähte er in den Wagen, und entdeckte den Jutesack. »Aa-há!« sagte er. Rasch wandte er sich um. »Wo steckt denn der Andere? Sofort festhalten. Die Kerls haben Alkohol da drinn.« Er sprang zu dem zweiten Mann hin, der sich nicht bewegt hatte. »Ihr gehört auf die Wache, Ihr Buben.« Sein Kollege befand sich schon wieder im Handgemenge mit dem Bruder; also schloß er seinen Gefangenen mit Handschellen rasch an's Auto an, und eilte dann dem Andern zu Hilfe.

»Ich unternehm ja gar keinen Fluchtversuch«, kreischte der Bruder. »Ich will doch bloß seine Blume in Ordnung bringen. Lassen Sie mich los, ich sag's Ihn'!«

»Wird er bestimmt mit dem Geblöke aufhör'n, wenn Sie ihm seine Blume in Ordnung bringen?«

»Ja, sicher; deswegen heult er doch bloß.«

»Na dann um Gotteswilln fix; bringen Se-se in Ordnung.«

Der Idiot umklammerte immer noch seine geknickte Narzissse; er weinte bitterlich; und während der Beamte ihn am Handgelenk hielt, suchte der Bruder hastig herum, und fand auch einen kleinen Holzsplitter. Bindfaden besorgte ein Zuschauer, der ihn aus einem Laden in der Nähe holte; und unter den interessierten Blicken der beiden Polizisten und der immer zunehmenden Menge wurde der Stiel der Blume geschient. Neuerlich trug jetzt das arme beschädigte Ding den Kopf hoch, und sofort verstummte die aus der Seele des Idioten laut gewordene Klage. Wie 2 Stückchen Aprilhimmel nach einem Schauer waren seine Augen; und um sie herum das mondgleiche, ekstatisch speichelnde Gesicht.

»So, jetz'ss gut«, und die Beamten zerstreuten die Zuschauermenge. »Vorstellung'ss zu Ende für heute. Bitte, weiter gehen.«

Einzeln und zu Zweien löste sich die Menge auf. Das Auto, auf jedem Trittbrett einen Polizisten, bog ab vom Bordstein, auf die Straße, und weiter, bis kein Blick es mehr erreichen konnte; über der Narzisse träumten die unsäglich blauen Augen des Idioten, fest hielt er sie in seiner schmutzigen Hand.

3. Mai 1925

Der Rosenkranz

Zweierlei haßte Mister Harris: seinen Nachbarn, Juan Venturia; und einen Schlager mit dem Titel ›Rosenkranz‹. Es bereitete ihm eine Art verwilderter Lust, daß er nie recht fähig gewesen war, zu entscheiden, wen davon er mehr haßte. An den Tagen, wo Venturia auf seinem Grundstück sauber machte, und Mister Harris folglich in seiner Einfahrt alte Konservenbüchsen vorfand und ausrangiertes Gerümpel – einmal sogar eine tote Katze; oder wenn sich eins von Mister Harris' preisgekrönten Kücken auf Venturias Grundstück verirrte und ergo der unverzüglichen und totalen Vernichtung anheimfiel – an solchen Tagen wußte er, daß er Venturia in einem Grade haßte, wie er der bewohnten Welt bisher unbekannt ist. Aber wenn er dann wieder von Gattin oder Töchtern gezwungen worden war, einer jener musikalischen Veranstaltungen beizuwohnen, wo langmähnige ungestriegelte Ausländer, die weder auf Englisch sprechen noch musizieren können, trübsinnig an Geigen herumsägen, dann wußte er, daß es nirgendwo & nichts Schlimmeres geben konnte, als den ›Rosenkranz‹ – beziehungsweise seinethalben auch jegliche andere Melodie.

Juan Venturia seinerseits scherte sich den Teufel um den ›Rosenkranz‹, ja, hatte ihn zuerst nicht einmal gekannt. Er war unverheiratet und brauchte folglich nicht an Konzerten teilzunehmen; ein Umstand, der nur beitrug, Mister Harris' Wut noch zu steigern. Manchmal dachte er, daß in solchen Fällen doch die Polizei etwas unternehmen müßte. Venturia genoß das Leben ausgesprochen: tagsüber verdiente man Geld; Abends traf man sich mit Freunden in einem bestimmten Restaurant; er kam und ging, wie es ihm beliebte.

Also konnte er all seinen Haß voll und ganz auf Mister Harris wenden; auf Mister Harris' Küchlein, seine Katze, sein Haus, kurzum auf Alles, was Mister Harris besaß oder schätzte.

Tcha, das Leben war tatsächlich ein Genuß: er konnte Mister Harris abpassen, während er vorbeiging, und dazu den ›Rosenkranz‹ pfeifen. Er schrieb auf Zeitungsannoncen hin, und ließ Mister Harris per Nachnahme Warenproben ins Haus schicken – Mittel gegen Räude; Toilettenartikel; »In drei Tagen Nichtraucher«; Küchengeräte undsoweiter; dann lehnte er behaglicher in seinem Stuhl, und lauschte dem gräßlichen aber vergeblichen Toben des Mister Harris.

Eines Tages erschien Mister Harris jedoch nicht zur gewohnten Stunde; und Venturia, der dem Vorübereilenden heute also nicht den ›Rosenkranz‹ vorpfeifen konnte, fühlte, daß sein Feind ihm eine wohlausgesonnene Beleidigung zugefügt hatte. Als er jedoch später erhorchte, daß Mister Harris krank sei, hätte er vor Wonne bersten mögen. Einen geschlagenen Tag lang saß er in seinem Laden und kicherte vor sich hin; brach auch wohl, zum Befremden der Kundschaft, in wahre Lachsalven aus. Im Café, am gleichen Abend, war er fröhlich und aufgeräumt, und unterhielt seine Kumpane, daß sie aus dem Wiehern nicht herauskamen.

Später freilich, als er kichernd und luftschnappend in seinem Bett lag, durchzuckte ihn ein schrecklicher Gedanke: gesetzt den Fall, sein Feind würde sterben! Außer Reichweite seines Hasses sein! Er gedachte all der Möglichkeiten, Mister Harris etwas tatsächlich ausgesucht Niederträchtiges anzutun, und seine vorherige Freude war wie weggeblasen. Ein paar alberne gelbe Kücken umzubringen, oder ihm 'n bißchen Müll über'n Zaun zu werfen – was war das schon, verglichen mit dem, was er hätte tun *können*? Nichts; ja weniger denn nichts. Kindisch waren seine Tricks gewesen; auf dergleichen wäre ein zehnjähriger Junge auch gekommen. Aber er, Venturia, war ein Mann: ihm hätte es obgelegen, vermittelst irgendwelcher ingeniöser Erfindungen seinen Feind bettlägerig zu machen, so daß er den Tod herbeisehnte. Und nun war es zu spät. Sein Feind befand sich außerhalb seines Machtbereichs, nichts gab es mehr, wodurch er ihn hätte kränken können. Er verwünschte sich, und zermarterte sein Gehirn.

Seinen Feind derart leichtfertig entkommen zu lassen! Falls Mister Harris stürbe, würde er, Venturia, zeitlebens elend sein: gezwungen würde er sein, gleichfalls zu sterben, seinem Feind ins Fegfeuer zu folgen, und dort die Aufgabe zu Ende zu führen, die er zu Lebzeiten so sträflich vernachlässigt hatte. Wenn ihm doch nur etwas einfiele, irgendwas, das er rasch noch unternehmen könnte, bevor sein Gegner ihm durch Wegsterben für immer entwischte! Er warf und wälzte sich hin & her, unruhig war sein Schlaf, und wieder erwachte er, nur um aufs neue zu ächzen und die niewiederkehrenden Gelegenheiten zu bejammern. Was fielen ihm jetzt nicht alles für Sachen ein, jetzt, wo es zu spät war! Gewiß, er könnte Mister Harris noch das Haus über'm Kopf anzünden; aber dabei konnte man ertappt und eingesperrt werden. Und ein Teil seiner verzweifelten Wut begann sich also gegen die Polizei zu richten: Alles war gegen ihn, die Verhältnisse, die Regierung, Alles ...

Plötzlich fuhr er auf, aus verworrenem Geträume; vorm Fenster stand grau die Morgendämmerung; ein Lastwagen ratterte vorbei, und vom Fluß her muhte heiser ein Dampfer – Venturia sprang aus dem Bett; kaum, daß er einen Siegesschrei unterdrückte. Endlich hatte er es: im Traum war es ihm geworden. So einfach und doch so groß! Nach Erlösung durch den Tod *winseln* würde sein Feind; es war einfach kolossal! Nur 1 einzigen Fehler hatte es: »Warum bin ich bloß nicht eher darauf gekommen, warum, oh warum?«, stöhnte er. »Zum Wahnwitz hätt' ich ihn treiben können; zum Idioten hätt' ich den Kerl gemacht, gemauzt und geheult hätte er, und mit der Stirn den Fußboden geschlagen!«

Er war dabei, aus dem Hause zu rennen, um es unverzüglich ins Werk zu setzen; aber dann kamen ihm Ruhe und Überlegung zurück. Er kroch wieder in sein Bett; lag, und baute den Einfall liebevoll aus, in satanischer ungeduldiger Lust, bis der Morgen kam. Dann nahm er ein hastiges Frühstück zu sich, schloß seinen Laden ab, und stürmte wie ein Besessener Royal Street hinunter. Einen Augenblick lang hielt er vor dem Geschäft eines Pfandleihers an; dann verschwand er darin. Wenige Minuten später kam er wieder zum Vorschein, unter dem Arm einen länglich-klobigen, in Zeitungspapier eingeschlagenen Gegenstand. Von Royal Street bog er weiter in einer Richtung ab, die der nach seinem Laden entgegengesetzt war; und dieser sein Laden blieb den ganzen geschlagenen Tag hindurch ge- und verschlossen. Und in der folgenden Woche sahen ihn auch seine gewohnten Stammplätze nicht wieder.

Zuhause lag derweil Mister Harris, von den Fiebern der Lungenentzündung geschüttelt. In den Zwischenzeiten, wo er bei Bewußtsein war, hatte er Muße, schwächlich zu spekulieren, was wohl Venturia jetzt mache, was Der wieder vor hätte. Er wußte genau, daß der Andere nicht daran dächte, ihn in Ruhe sterben zu lassen. Er war auf Alles gefaßt, irgendeinen wüsten Krach oder so, was das kindliche Gemüt seines Feindes nur auszuhecken imstande war. Aber Tag um Tag verging, und nichts geschah, und Mister Harris wurde direkt etwas verdrossen ob dessen. Es war ähnlich, wie wenn man auf eine Explosion wartet, die aus irgendeinem Grunde noch verzögert wird, jeden Augenblick kann sie erfolgen, und man wartet und wird nervös, bis man schließlich sogar die Explosion noch vorzieht.

»Ich wollte, er würde allmählich anfangen damit«, dachte der kranke Mann mürrisch. »Aber lange dauert's ja nicht mehr«, tröstete er sich dann wieder. »Ich bin schon so gut wie hin, und das Biest kann nicht mehr viel länger an mich ran, gottseidank. Und, gottseidank, auch zu Konzerten werd' ich nie mehr zu gehen brauchen. Recht besehen ist der Tod das Schlimmste nicht«, sann Mister Harris, wie schon manch ein Mann vor ihm.

Was macht Venturia? Das fragten die Kumpane, mit denen er sonst umzugehen pflag und die jetzt nichts mehr von ihm sahen, einander ebenfalls. Aber Keiner hatte ihn irgendwie gesehen. In seinem Laden war er nur noch selten; und falls das geschah, sah man ihn auch nur sitzen und verzückt die Wand anstarren; die Hände hielt er vor sich hin, ungefähr in Gürtelhöhe, eine über der andern, während seine dreckigen Finger steif wackelten, als übe er eine grobe aber dennoch verwickelte Zeichensprache. Vorübergehende starrten mit Verwunderung und die kleinen Straßenrangen voller Wonne auf sein gespannt gerunzeltes Gesicht und die ungeschmeidigen Verbeugungen seiner Pfoten. Wenn die Dämmerung einbrach schloß er seinen Laden ab, und verschwand irgendwohin, ein ungestaltes Bündel unter'm Arm; erst gegen Mitternacht kehrte er wieder zurück, zu schlafen, zu kichern, und von Rache zu träumen.

Endlich war der Tag gekommen. Nun, wo die Große Stunde geschlagen hatte, war alle Aufregung von Venturia gewichen. Ruhevoll war er, und erharrte gefaßt, was das

Schicksal nunmehr für ihn bereit hielte. Er erhob sich von seinem Lager, frühstückte gemächlich, rasierte sich, und legte dann zum weißen Hemd den Sonntagsanzug an. Die Schuhe polierte er auf Hochglanz, und kleisterte sich das Haar vermittelst duftenden Öles adrett um den Kopf. Dann nahm er das Bündel zur Hand, und begab sich in seine Einfahrt, genau unter das Fenster des Nachbarhauses, wo, er wußte es, der kranke Mann lag.

Er hob den Blick, und weidete sich erst einmal an der dummen Mauer des feindlichen Hauses. Ihm war, als habe sein Blick die Kraft, die Wände zu durchdringen, bis er im selben Zimmer angelangt war, wo der Andere lag. Dann streifte er, langsam, das schmutzige und zerknitterte Zeitungspapier von seiner Rachemaschine.

Mister Harris befand sich allerdings nicht länger mehr in jenem Zimmer. Seine Frau war da, und auch seine Töchter standen neben dem Bett, in dem Mister Harris gelegen und der Freveltaten geharrt hatte, die Venturia als nächstes zu verüben sich entscheiden würde; aber Mister Harris selbst war dorthin gegangen, wo alle Venturias der Welt ihm nichts mehr anhaben konnten, und wo weder erschlagene Kücken, noch auch tote Katzen irgend von Bedeutung mehr waren.

Unten vorm Fenster begann unversehens das marternd lautstarke Eselsgebrälle eines Saxofons, das ein krasser Anfänger bläst. Die Melodie war platterdings nicht zu erkennen; man hatte den Eindruck, daß 2 verschiedene Melodien zu gleicher Zeit gespielt würden: es faselte und miaute und heulte, und erfüllte die stille Morgenluft, daß die staubigen Sperlinge entsetzt aus ihren Dachrinnen aufflogen.

Nur Venturia & Mister Harris würden sofort gewußt haben, daß es sich um den ›Rosenkranz‹ handelte.

10. Mai 1925

Der Flickschuster

Sie möchten diese Schuh noch heute? Si, si. Ja, ich komm' von – erzählen in meine Sprache? Buono signor.

Ja, ich bin aus der Toscana, aus den Bergen, wo die Hochebnen gold und braun liegen in sonniger Öde, und über verträumten grünen Tälern die alten Hügel bläulich brüten. Wie lange? Ach, wer weiß. Ich bin sehr alt: ich hab viel vergessen.

Als ich noch jung war, war ich viel in der Sonne, Ziegenhirt war ich. Die Leute meines Dorfes arbeiteten in den Weinbergen, die sich über die Hänge breiteten und Sonne einschlürften; wenn ich meinen Heerden folgte, konnte ich sie sehen, die Schön-Grellfarbigen, und hören das ferne süße Gesinge, wie abgebrochenes Wettgezänk goldener Vogelscharen. Bedächtig kaute ich Brot und Käse, wenn die Mittagsstunde kam, schlummertrunken zwischen sonnegeschwellten Felsen, bis ich in Schlaf versank vor Hitze und schweigender Luft. Und jedesmal, bei Sonnenuntergang, stupste mich ein alter Ziegenahnherr wach, mit seiner kalten Nase.

Und auch sie war jung. Nahezu täglich trafen wir uns zwischen den Hügeln, ich bei meinen Ziegen, und sie, die die ihr aufgegebenen Arbeiten hatte liegen lassen, lieber müßig zu gehen im süßen Sonnenschein. War sie doch selbst wie ein Zicklein, übersprang Klüfte, bei denen ich mich erst bedachte, genoß den Tag und was an Lust er ihr bot; wußte, daß Strafe sie daheim erwartete ob ihres Davonlaufens, und wußte desgleichen, daß am nächsten Tage sie erneut davonlaufen könnte. Und so war es auch.

Und, ah, wie sie blühte! Wie, als wir Beide älter wurden, die Augen der jungen Männer sie verfolgten. Aber ich war nicht müßig gewesen: ich hatte gearbeitet, ich besaß eigene Ziegen; so wurden wir denn mit einander versprochen: es war Alles abgemacht. Sie erklomm nun nicht länger mit mir den morgendlichen Hügel. Sie hatte daheim zu bleiben, buk und bereitete Käse aus Ziegenmilch, und trat die Kelter im Herbst, daß ihr die süßen weißen Füße bunt wurden vom purpurnen Sonnensaft, als hätte der liebe Christus selbst ihr die Füße mit Seinem eigenen teuren Blut gewaschen – wie auch ich freudig getan haben würde.

Und an Festtagen, in ihrem scharlachnen Schultertuch, wie leuchtete sie hervor aus der Schar der Anderen! Wie warf sie ihr Haar im Tanz, und die Brüstchen süß und wild, vom offenen Haar umlaubt! Kein Wunder, Signor, daß die jungen Männer nach ihr gierten und schmachteten; denn wo in unsrem Tale, wo in der ganzen Welt, gab es Ihresgleichen? Aber wir waren versprochen: es war Alles abgemacht.

War die Fiedel dann verstummt, und die Sonne hinter die purpurn träumenden Hügel getaucht, und das Abendglöckchen scholl durch die Dämmerung wie letzte goldene Strahlen der Sonne, in Stückchen gebrochen und zu Echo geworden zwischen den Felsen, dann gingen wir oft miteinander. Die Glocken der Heerden waren befriedigt verstummt, von Kerzen troff Gold über die Abendbrottische, und wir schritten Hand in Hand, während die Sterne heraustraten, so groß und nahe – so ist es in Ihrem Amerika nicht, Signor.

Oftmals hänselte sie mich, ob meiner Schüchternheit beim Tanz, oder in Mädchengesellschaft – wie ich immer nur mich mühte und sparte, und beim Reigen nur bescheidentlich zusah, während Andre tanzten und sie umwarben, in ihren bunten Hemden und funkelnden Kupferohrringen. Und sie quälte mich oft, und sagte, daß Eine von ihrer Schönheit eigentlich jemand Besseren verdient hätte als mich. Was ich zugeben mußte; denn wo in unserem Tale war Ihresgleichen? Aber wir waren miteinander versprochen.

Ob ich verheiratet bin? Nein, Signor. Die Heiligen haben es anders gewollt. Sie?... (ich bin alt: ich vergesse leicht.) Ach. Eines Tages war Einer in unser Dorf gekommen, ein großer Signor, ganz in Samt und mit Ringen von echtem Gold – wie ein Herr war er, mit seinen düstren stolzen Blikken, wie eine schlanke Klinge in samtener Scheide. Auch er sah sie auf dem Anger, sah sie, wie eine süße Melodie, die man vergessen dachte, und auch er wurde wie die andern jungen Männer. Und sie, als sie dieses Großen gewahr wurde, der nur noch Augen für sie hatte, sie begann zu tanzen, wie Keine je in unserem Dorf getanzt hatte. Die Umstehenden sahen's und wurden stumm, als sei ihnen ein kurzer Blick in den Himmel erlaubt gewesen; denn sie war wie die Musik von hundert Fiedeln, wie eine weiß-und-scharlachne Flamme war sie geworden, die schlafenden Heiligen im hohen Himmel hätten ob ihres Tanzes erwachen mögen, vor schwermütiger Sehnsucht, ohne zu wissen warum. Aber was sollte man machen? Er ging in Samt, und seine Ringe waren aus purem Gold. Aber schließlich waren wir ja miteinander versprochen.

An jenem Abend, als ich zwischen den Hügeln wanderte, waren die Sterne im schwarzen Himmel groß geworden und laut wie Glocken; laut wie große golden-beschellte Schafe waren die Sternbilder, sie weideten über den Himmelsberg, wie die Großen-Alten in Ziegenheerden, die viel durchgemacht haben und dennoch weiter grasen. Aber bald war die Nacht wieder vorüber, und die Sterne davon gezogen, und die Hügel blau und goldig im Morgen. Und dort, unter ihrem

Fenster, wo ich allmorgendlich gewohnt war, mich kurz zu verweilen, lag im Staub diese gelbe Rose. Sie war damals nicht, was sie jetzt ist: jetzt ist sie schwärzlich und knorrig vor Alter, genau wie ich; damals jedoch war sie grün und frisch und jung. Ja, ich habe sie aufgehoben. Wenn sie wiederkehrt, wird sie zweifellos wünschen, daß ich sie aufgehoben hätte; hätte ich sie nicht aufgehoben, würde sie traurig sein. Und sie hat mich trefflich gelohnt: Jahr um Jahr erneuert sie sich – hier, wie die. Die Heiligen sind sehr gut.

Wie? Ob ich traurig war? Ich weiß es nicht. Ich habe gewußt, was Freude ist und was Kummer; aber jetzt kann ich mich nicht mehr entsinnen. Ich bin sehr alt: ich hab' viel vergessen.

Sie kriegen die Schuhe heute noch. Si, si.

17. Mai 1925

Ein Glückstag

Sein rundes dünkelhaftes Gesicht glänzte förmlich vor Einbildung. Er hatte total vergessen, daß er nicht wußte, wovon er seine nächste Mahlzeit bestreiten sollte: warum auch? Gott wird dafür sorgen. Warum also – und wenn schon seine Manschetten nach innen geschlagen waren, und der Kragen umgedreht, und sein schäbiger Anzug zurecht geboxt, daß er wenigstens einigermaßen an seine ursprüngliche Form erinnerte – dennoch: warum sollte er sorgen? So gut wie die Andern sah er immer noch aus.

»Vielleicht wer'n se denkn, ich wär' Einer vom Rennplatz, das Portemonnaie in der Gesäßtasche so dick, daß'n Ochse davon zusamm' bräche«, insinuierte er sich selbst, während er verstohlen wohlgefällige Blicke auf sein mitgehendes Spiegelbild in den Schaufensterscheiben warf. Unter Allen, die auf Royal Street nicht bei Kasse waren, konnte er eigentlich Keinen entdecken, der auch nur annähernd so gut ausgesehen hätte wie er. Noch ein langer liebevoller Blick auf sein wertes Ich in der nächsten Scheibe – da stieß er mit einem anderen Menschenleib zusammen.

»Hörn Se, lieber Herr«, fing der Betreffende unverzüglich an: »seit drei Tagen hab' ich nischt Warmes mehr gegessn. Könnten Se ma nich das Geld für 1 Tasse Kaffe schmeißen? Gewiß, ich bin besoffn geweesn, ich geb's zu; aber jetzt will ich n neues Leebm anfang, wie? Wie wär's mit ner Tasse Bulljong, daß ich wieder nüchtern wer'? Der-da-Oobm sieht's, und wird Se bestimmt belohn'n, verlass'n S'sich druff.«

»Zum Deuwel, Mensch«, erwiderte er, »für volle 25 Cents gibt's hierzulande doch nischt zu trinken, oder wissen Sie etwa was?«

Sein neuer Freund wurde sogleich mitteilsam. »Aber se'b-verständlich – vorausgesetzt, daß Se die Moneten tatsächlich habm. Hörn Se, wir gehn in'ne nette ruhige Familiengaststätte, wo ich gut bekannt bin, ja? Wen ich dort einführe, Der iss sofort gut angeschriebm. Natürlich müssn Se die Moneetn tatsächlich bei sich habm.«

Der Fechtbruder bemächtigte sich seines Armes, und beugte sich zärtlich zu ihm. »Gehn wa«, sagte er.

Sie nahm'm zusammen einen.

Zwei weitere Gäste waren noch anwesend, ein LKW-Fahrer, und ein Anderer, der ungemein nach Ex-irgendwas aussah, so ganz entfernt an ›Meer‹ wurde man erinnert, der sich zu Jenem setzte. »Lassn wa was laufm«, sagte er, mit jener Großartigkeit, die nur der langjährige Besitz einer erzenen Stirn vereint mit Bargeldlosigkeit verleihen.

Also nahm' sie noch einen – das heißt 3 von ihnen. Der Fechtbruder wurde diesmal übersehen, worob er sogleich laut zu werden anhub.

»Na aber, liebe Leute«, protestierte er, »laßt mich doch mit einsteigen. Ich schmeiß ooch ne Runde – gleich nachher dann, beschtimmt.«

»So lange wer'n wa kaum Zeit habm«, murmelte der LKW-Fahrer, und der Fechtbruder wurde dringender.

»Hörn Se«, sagte er, und griff sich den Arm seines Gönners, »Hörnsema: Wer hat Sie hierher geführt? Wer hat Ihn'n das traulichste Plätzchen in ganz Nju Orlihns gezeigt? Ich. Und da geb'm Sie zu, daß Ihre reichn Freunde mich behandeln, als wär' ich'n Köter oder sonstwas? Hörnse, ich bin'n respektabler Seemann, der auf ne neue Heuer wartet. Gut, zugegebm, Geld hab ich im Augenblick nich; aber ich würd kein' Hund so behandeln, wie Sie's mit mir machn. Ein einziges Glas noch, Leute, eh' ich mich zum Heuerkontor aufmach'.« Und leidenschaftlich liebkoste er seinen Wohltäter.

»Laß mich ja los und geh zum Deuwel-Du«, erwiderte unser Held, indem er ihn kraftvoll abschüttelte. Der Fechtbruder fiel hin, raffte sich langsam empor; und als der Andere sich wieder der Bar zuwandte, sprang er ihm ins Genick. Sie gingen vereint zu Boden; er rang sich hoch, und versuchte allen Ernstes den Kopf des Fechtbruders abzukicken; aber alle Beide fanden sie sich von starker Hand ergriffen, und buchstäblich mitten auf die Straße geworfen. Unter dem angewiderten Blick eines Polizeibeamten setzten sie sich langsam auf. Er erklärte dann den Vorfall einem gelangweilten Schreibstubenwachtmeister; auch der Fechtbruder erklärte den Vorfall, laut und immer lauter.

»Mein Gott«, fiel ihm der Wachtmeister ins Wort, »raus mit den Kerl'n! Ich halt den Blödsinn nicht länger aus.«

»Und wohin, Wachtmeister?« erkundigte sich der Polizist – *seine* Schwester hatte vergangenen Abend *nicht* Hochzeit gefeiert.

»Mir egal!« brüllte sein Vorgesetzter, »Hauptsache, sie könn' mir nicht länger die Ohren vollquatschen.«

So fand er sich denn erneut im Rinnstein. Eine Weile blieb er sitzen, und gaffte einfältig die ausdruckslose Tür der Wache an. Seine Hand ruhte auf etwas Rundem und Hartem: er ließ seine Finger sich darüber schließen, und klaubte es aus dem Straßendreck. In seiner Hand lag eine Münze – 1 Kupfercent.

1 Kupfercent. Was in aller Welt gab's für 1 Kupfercent zu kaufen? Je nun, Kaugummi, vorausgesetzt er machte einen Kaugummiautomaten ausfindig; oder wiegen lassen konnte man sich für 1 Cent; oder auch ne Schachtel Streichhölzer

konnt' er sich dafür kaufen. Also raffte er sich auf, und klopfte sich den Schmutz ab – oh Tag des Jammers; jetzt sah er nicht mehr aus, als könnte er die Gesäßtasche voll Geld haben.

Als er, immer nach einem Kaugummiautomaten Ausschau haltend, in die Nähe der Canal Street kam, stürzte ein Rennender an ihm vorbei, verfolgt von einer erregten Meute, die »Haltet den Dieb!« schrie.

Er schloß sich der Jagd an; grade flitzte der Flüchtende um eine Ecke. Ein Polizist trat zufällig hervor; sie karambolierten, und das gehetzte Wild ging zu Boden. Ehe Jener noch an Aufstehen denken konnte, hatte der Polizist ihn schon beim Kragen. Die wilde Jagd keuchte herbei.

»Was geht hier vor sich?« fragte der Hüter des Gesetzes.

Ein atemloser Verfolger erklärte:

»Der Kerl hat'n goldnes 5-Dollar-Stück vom Zeitungsständer geklaut. Er hat sich ne Zeitung runter genomm', 5 Cent hingelegt, und sich dafür'n Penny genomm', *und* n goldnes 5-Dollar-Stück, das der Junge grade auf'm Zahlbrett liegen hatte.«

Der Polizist schüttelte den Festgenommenen. »Stimmt das; heh?«

»Im Ernst, Herr Wachtmeister«, verteidigte sich der Mann, »ich hab' ihm doch nie & nimmer sein Geld nehm' wollen. Ich hab's aus Versehen in die Hand genomm; und grade, wie ich mich deswegen entschuldigen will, muß er auch noch rückwärts in'n Rinnstein stolpern, und fängt sofort an zu brüllen ›Haltet den Dieb!‹. Und ich, eh' ich noch'n klarn Gedanken fassen kann, fang auch schon an zu renn'.«

»Haben Sie das Geld noch bei sich?«

»Ja sicher; hier iss es. Ich hätt's ihm selbstverständlich sofort wieder gegeben, im Ernst, ich bin kein Dieb: ich arbeit' doch hier am Ort – ich hab Zeit meines Lebens in der Stadt hier gewohnt.«

Der Beamte ließ den Blick über die sich ansammelnde Menschenmenge schweifen. »Wo ist dieser Zeitungsverkäufer?« fragte er. Sein Blick fiel auf unseren Helden: »Sie da, mit dem ganzen Dreck an sich: iss das Ihr Goldstück?«

Er fühlte sich nach vorne geschoben, und der ursprüngliche Berichterstatter bestätigte sogleich: »Jawoll, Herr Wachtmeister, das iss der Betreffende.«

Der Polizist besah sich unseren Helden lange und sorgfältig. »Ich hätt' nich übel Lust, Euch *Beide* mit auf die Wache zu nehm'; aber der Vogel hier –« er schüttelte seinen Häftling – »behauptet, s'wär'n Versehen gewesen. Was woll'n Se, das ich mit ihm machn soll: soll ich'n festnehm? Oder wolln Se Ihr Geld wieder nehm', und wir lassn'n laufm?«

»Ich nehm den Fümwer«, entschied er; und die Menge ringsum murmelte Beifall.

Der Verdächtige überreichte ihm das Goldstück.

»Hier, halt«, mischte sich der Polizist noch einmal ein, »jetzt müssen Sie ihm aber noch'n Cent wiedergeben.«

Aus seiner dreckigen Kleidung zog er den vorhin gefundenen Cent hervor, und gab ihn dem Andern. Die Menge zerstreute sich, wie solche Mengen pflegen, und ließ ihn allein stehen, und auf das goldene 5-Dollar-Stück in seiner Hand starren.

Fünf Dollar. Was macht man mit fünf Dollar? Als erstes fielen ihm unwillkürlich Lebensmittel für 5 Dollar ein. Aber das wäre ja töricht, gutes Goldgeld für Essen auszugeben, wo's so viel andre Wege gibt zu ei'm Essen zu komm'. Das schien ja tatsächlich heute sein Glückstag zu sein. Sein Glückstag ... sein Glückstag ...

Wenn Ei'm das Glück einmal lächelt, soll man's auch ausnützen. Das ist schließlich jedem Hanswurst bekannt. Und da, auf einem Anschlagbrett in Canal Street, war schon die Liste der heutigen Rennen. Und am dritten Rennen nahm ein Gaul teil, der hieß ausgerechnet ›Centnerweise‹ – wenn das kein Vorzeichen war, kein Wink der Gottheiten, die diese Welt managen. Also setzte er seine Fünf auf dieses ›Centnerweise‹, wenn auch die Wetten 400 gegen 1 standen. Und ›Centnerweise‹ spritzte raus aus dem Feld, wie'n aufgeschreckter Hase.

Zwei Tausend Dollar! Was macht man mit zweitausend Dollar? Er saß auf einer Parkbank, und versuchte sich aller der Sachen zu erinnern, die er sich schon mal gewünscht hatte. Komisch, wenn man pleite ist, fällt Einem alles Mögliche haufenweise ein, was man gerne haben möchte; aber sobald man die Moneetn wirklich in der Tasche hat, kann man sich nich mehr drauf besinn'n, und koste es das Leben. »Dann werd' ich mir also wohl am einfachsten n Auto kauf'n«, dachte er. »Vielleicht iss'es das, was ich will.«

»Hör auf mich«, riet ihm ein Freund, »laß mich das Geld für Dich aufbewahrn. Du haust's innerhalb 1 Monats auf'n Kopp; und anschließend liegsDe wieder auf der Straße. Laß mich's für Dich in Verwahrung nehm'.«

»Glaub's gern«, sagte er; darauf ließ er sich für 85 Cents seine Kleidung reinigen und bügeln; und erstand dann einen zitronenfarbenen Sportwagen für 1989 Dollar. Ein gutmütiger Verkäufer gab ihm sogar die erste Fahrstunde; und er begriff auch recht rasch – so rasch, daß er Jackson Avenue gradausfuhr, und noch mit 65 Sachen in der Stunde über's Jackson-Avenue-Dock hinaus, in den Fluß. Der Verkäufer brachte sich durch Abspringen in Sicherheit; er folgte geistesgegenwärtig dem Beispiel, und erlitt also nur geringfügige Hautabschürfungen am Knie. Stand auch gerade noch nahe genug, Zeuge der traurig aber groß aufspritzenden Fluten zu sein, als sein Wagen in den schmutzigen Wogen verschwand.

Die eben an Land gehende Mannschaft eines kleinen Trampfrachters verfluchte ihn sattsam; und während er noch stand, und den sich erweiternden Wellenringen zusah, legte sich eine Hand auf seine Schulter. Festgenommen war er, wegen Überschreitung der Geschwindigkeitsgrenze.

Nachdem er die Straßenbahn bis zur Wache für sich und den optimistischen Verkäufer bezahlt hatte, besaß er noch 10 Dollar und 1 Cent. Die Geldbuße für zu schnelles Fahren betrug 10 Dollar. –

Einen Augenblick lang stand er noch, und gaffte einfältig die ausdrucklose Tür der Wache an. In der Hand fühlte er etwas Rundes-Hartes; er ließ seine Finger sich darüber schließen, und klaubte es aus der Tasche. In seiner Hand hielt er eine Münze – 1 Kupfercent.

Er warf ihn in den Staub des Rinnsteins, und ging die Straße hinunter; sein rundes dünkelhaftes Gesicht glänzte förmlich vor Einbildung. Vielleicht würden die Leute denken, er wär' Einer vom Rennplatz, das Portemonaie in der Gesäßtasche so dick, daß'n Ochse davon zusamm' bräche.

24. Mai 1925

Sonnenuntergang

SCHWARZER BANDIT ZUR STRECKE GEBRACHT

Der Neger, der unsere Gegend zwei Tage lang in Schrecken versetzte, und dem dabei 3 Männer, 2 Weiße und 1 Neger, zum Opfer fielen, konnte vergangene Nacht durch das Maschinengewehrfeuer einer Abteilung des ... sten Regiments der Nationalgarde getötet werden. Die Soldaten hatten ihr MG vor dem Dickicht aufgestellt, in dem sich der Schwarze verbarg; als dann ihr Feuer nicht mehr erwidert wurde, drang Hauptmann Wallace ins Gebüsch ein, und fand dort den Neger tot. Für den Amoklauf des Schwarzen hat sich bisher kein Grund ermitteln lassen; es wird angenommen, daß er geistesgestört gewesen ist. Eine Identifikation war nicht möglich.
– Der Adlerschlachtruf.

Einen Teil des Weges legte er auf oder in oder unter Güterwagen zurück; meist jedoch ging er zu Fuß. Zwei Tage benötigte er, um von der Carollton Avenue zur Canal Street zu gelangen, denn er hatte Angst vor dem Verkehr; und als er dann endlich auf Canal Street stand, mit Schrotflinte und Bündel, war er verschreckt und wie betäubt. Gestoßen und geschubst, von seinen eigenen Rassegenossen ausgelacht, und von Polizisten verflucht, wußte er am Ende nicht mehr, was er machen sollte, außer, daß er die Straße hier überqueren mußte.

Also nahm er zuletzt sein Herz in beide Hände, schloß fest die Augen, und stürzte sich blindlings mitten ins Gewühl, wo weit & breit kein Übergang war. Autos wimmelten um ihn, ein Taxifahrer kreischte ihm entsetzt Verwünschungen ins Ohr; aber, indem er sich verzweifelt an Flinte und Bündel festhielt, schaffte er es. Und dann zeigte ihm ein freundlicher weißer Mann den Weg zum Flusse, wo er hin wollte.

Und da lag auch schon das Schiff, dicht am Ufer festgemacht, und wartete auf ihn. Erst mußte er noch über Pfähle klettern, dann 2 Meter Wasser überspringen, wobei er beinahe seine Flinte verlor; und dann kam ein anderer weißer Mann, und jagte ihn unter Flüchen wieder vom Schiff herunter.

»Aber Käptn«, wandte er ein, »ich wollen doch bloß nach Af'ika rüber. Ich können Überfahrt bezahlen.«

»Scheiß Afrika«, sagte der weiße Mann. »Sieh daß De vom Boot runter kommst. Versuch noch 1 Mal, Dich auf die Art an Bord zu schmuggeln, und ich schieß Dich übern Haufen. Wenn De mitfahrn willst, dann Marsch, hin, und lös Dir drüben ne Fahrkarte.«

»Ja, Sörr. 'zeihung, Käptn.« –

»*Was* ist das?« erkundigte sich der verblüffte Billetverkäufer.

»'n Fahrschein nach Af'ika, wenn's nichts ausmacht.«

»MeinsDe etwa Algier?«

»Nein; Af'ika.«

»MöchsDe'n Fahrschein für die Fähre?«

»Jasörr, 'ch glaub wohl: daß ich mit dem Schiff fahren kann, das dort wartet.«

»Los da vorne, 'n bißchen dalli«, knurrte eine Stimme aus der hinter ihm anstehenden Menschenschlange; also nahm er seinen Fahrschein, wurde mit durchs Tor gedrängt, und befand sich wieder an Bord der Fähre.

Zu seiner Überraschung hielt das Boot – anstatt stromabwärts zu steuern, in welcher Richtung er sich Afrika eigentlich vorgestellt hatte – schnurgerade quer über den Fluß, und wie 1 Schaf inmitten der Heerde wurde er wieder an Land gedrängelt. Er hielt sich an seiner Flinte fest, und starrte hilflos um sich. Endlich wagte er es, sich schüchtern einem Polizisten zu nähern.

»Käptn-Sörr, is hier Af'ika?«

»Was, wie?« fragte der verdutzte Beamte.

»Ich versuch, nach Af'ika hin zu kom'm, Sörr: sein ich da wohl auf die richtije Weg?«

»Scheiß Afrika«, sagte auch dieser weiße Mann, gerade so, wie Der auf dem Dampfboot getan hatte: »Sag ma Kerl, was führst Du im Schilde?«

»Ich wollen zurück, in die Heimat; wo Prediger sagt, daß wir her sind.«

»Wo bist Du denn zu Hause, Nigger?«

»Da hintn, die Richtung, auf'm Land.«

»In welcher Stadt?«

»In keiner Stadt, Sörr; nur Mister Bob da, und sein Familie, und sein Niggers.«

»In Mississippi oder in Louisiana?«

»Jawohl-Sörr; glaub ja.«

»Laß Dir ma'n guten Rat geben: geh dahin zurück, wo Du herkommst, und zwar mit dem ersten Zug, den Du erwischen kannst. Das ist kein Ort hier für Dich.«

»Aber, Käptn, ich wollen doch nach Af'ika.«

»Schlag Dir Dein Afrika aus dem Kopf, und kauf Dir lieber ne Eisenbahnfahrkarte, soweit Dein Geld reicht, verstehst Du mich?«

»Aber, Käptn –«

»Schluß jetzt damit. Willst Du durchaus, daß ich Dich erst festnehmen soll?« –

Wieder stand er am Ausgang von Canal Street, und schaute ratlos um sich. Wie stellte man es bloß an, nach Afrika zu kommen? Er wurde geschubst und gedrängelt, hierhin und dorthin, und ließ dem Schicksal insoweit Spielraum, als er sich das Flußufer entlang treiben ließ. Da: hier hatte wieder ein Schiff am Kai festgemacht; Neger schleppten Lasten die Planke hinauf, und warfen sie auf Deck ab. Ein weißer Mann in Hemdsärmeln dirigierte sie mit lauter Stimme.

Karren ratterten und klapperten um ihn, von singenden Negern geschoben und gezogen. Immer noch wurde er herumgestoßen; wenn er einem Karren aus dem Wege sprang, hielt schon wieder ein anderer gerade auf ihn zu: »Passen auf, Schwarze' Mann!«.

Plötzlich stürzte der Boß sich auf ihn.

»Zum Deuwel, was machst Du hier? Faß gefälligst irgendwas mit an, oder verschwinde, aber etwas plötzlich. Zuschauer brauchen wie bei unserer Arbeit hier nicht. Verstanden?«

»Ja-Sörr-Käptn«, entgegnete er bereitwillig; und war bald dabei, Säcke auf einen Karren zu werfen. Sein Blut floß rascher ob solcher Tätigkeit, er fing an zu schwitzen und zu singen. Hier, bei so was, war er heimisch – das erste Mal wieder seit wie lange? Er hatte's vergessen. »Af'ika, wo sein Du?« sagte er.

Feierabend: rot hing der Sonnenball im Westen; die Schatten aller Dinge waren still und lang und flach geworden, und erharrten die Dunkelheit. Der Tanz der goldenen Sonnenstäubchen wurde langsamer im letzten Abendstrahl; die andern Arbeiter nahmen ihre Röcke zur Hand, die Kochgeschirre, und begaben sich davon, dorthin wo blitzende Bogenlampen waren und ein Abendbrot ihrer harrte. Er griff sich die Flinte und sein Bündel, und ging an Bord des Bootes.

Inmitten weicher massiger Säcke machte er sich sein Lager, und kaute das Stück Brot, das er erstanden hatte. Bald sank völlige Dunkelheit hernieder; das träge Anschlagen des Wassers an den Schiffsrumpf, vereint mit dem scharfen süßen Geruch des Getreides in den Säcken, ließen ihn bald einschlummern.

Er erwachte von einem Gefühl der Bewegung, ein gelindes Angehobenwerden und Wiedersinken, und dem gleichmäßigen Summen von Maschinen. Helle war um ihn, und er lag in einer gewissen dösenden Behaglichkeit und brauchte nicht einmal zu denken. Ganz langsam kam es ihm zum Bewußtsein, daß er Hunger habe; und, voll leiser Verwunderung, wo er wohl eigentlich wäre, richtete er sich auf.

Im selben Moment, als er auf Deck erschien, stürzte auch schon ein anderer, ebenfalls verrückter weißer Mann auf ihn los.

»Ich wollen gehen nach Af'ika, Käptn«, kam er ihm zuvor; »als ich gestern die Nigger helfen laden, ich denken, Wir-Alle fahren mit diese Boot.«

Der weiße Mann brachte ihn mit einer wahren Sintflut von Lästerungen zum Schweigen. »Herr des Himmels, Ihr Neger treibt mich noch zum Wahnsinn! Weiß De nich, wohin das Boot hier unterwegs iss'? Nach Natchez fahr'n wir.«

»Das mir ganz recht sein, wenn Sie bloß vorbei kommen dabei an Af'ika. Mir bloß sagen, wenn wir in Nähe sein; wenn wir nicht können anhalten, ich abspringen und an Ufer schwimmen.«

Der Mann betrachtete ihn eine volle Minute lang in äußerstem Erstaunen.

»Und brauchen keine Sorge wegen Fahrgeld-Sörr«, beeilte der Passagier sich, ihm zu versichern. »Ich Geld haben: ich bezahlen können.«

»Wieviel hasDe denn?«

»Viel, Käptn«, entgegnete er großartig, und grub eifrig in seinem Overall herum. Auf der hingehaltenen Handfläche lagen dann 4 Silberdollar, und noch ein paar kleinere Münzen. Der weiße Mann griff sich die 4 Dollar.

»Nujut; nehm' ich Dich hierfür also bis Afrika mit. Aber Du begibst Dich jetzt da drüben hin, und hilfst den anderen Niggern solange die Ladung stauen, bis wir da sind.«

»Jawohl, Sörr«, willigte er freudig ein. Zögerte aber noch einmal: »Aber Sie mir bestimmt sagen die richtige Stelle; ja, Käptn?«

»Ja, sicher. Aber jetzt hör auf damit, und geh den andern Jungen an die Hand. Los; ab.«

Und er half den andern Jungen, während sie durch den vollkommenen Tag dahinglitten, aus einer glitzernden Stromstrecke in die andere; und wieder hing der Sonnenball rötlich im Westen. Glocken schlugen irgendwo an, und das Boot schor aus, uferwärts. Wieder die Glocken; das Boot wurde langsamer, und schob die Nase leicht in den Schlamm, unterhalb einer Reihe von Fässern. Der weiße Käptn, der verrückte, lehnte sich über seine Verandabrüstung, gerade ihm zu Häupten.

»Heh, Hallo, Jack«, brüllte er, »jetzt iss's geschafft. Hilf erst noch die Fässer an Bord bringen; Dein Afrika iss dann da drübn, übern Feldern; von hier aus ungefähr ne Meile noch.«

Er stand erst noch und sah, wie das Boot sich vom Ufer löste, aus den hohen Schornsteinen schleifte schwarzer Rauch durch den Abend hinterher; dann schulterte er seine Flinte und wandte sich landeinwärts. Er war noch nicht weit gegangen, als ihm die Löwen und Bären einfielen, auf die er aller Wahrscheinlichkeit nach stoßen würde, also hielt er an und lud sein Gewehr.

Nachdem er gewandert war, bis die letzte Tageshelle am Himmel verglomm und der Große Bär sich majestätisch westwärts neigte, empfand er, daß er nun schon ein gutes Stück im Lande Afrika sein mußte, und daß es Zeit wäre zu essen und wieder zu schlafen. Zu essen hatte er nichts; also beschloß er, sich einen sicheren Schlafplatz zu suchen. Morgen würde er ja dann wahrscheinlich ein Kaninchen schießen können. Plötzlich spürte er einen Zaun neben sich, jenseits dessen undeutlich etwas aufragte, das ein Heuschober sein konnte. Er kletterte über den Zaun, und fast unter seinem Fuß hob sich etwas auf, groß und fürchterlich.

Schreckhaft und maßlos überkam ihn Entsetzen. Seine Flinte sprang ihm förmlich an die Schulter, brüllte auf, und stieß einen Feuerdorn in die Dunkelheit; und der Löwe, oder was es nun war, stürzte sich, aufblökend, davon in die alte Nacht. Auf seinem Gesicht spürte er Schweißtropfen, groß und kalt wie Kupferdreier, und er stürmte zum Heuschober hin, und griff wild daran herum, im Bemühen ihn zu erklimmen. Mit jedem vergeblichen Versuch stieg seine Furcht; dann beruhigte er sich aber ein wenig, so daß er das schlüpfrige Etwas endlich ersteigen konnte. Als er erst einmal oben darauf lag, fühlte er sich sicherer; war aber doch so vorsichtig, sein Gewehr griffbereit dicht neben sich zu plazieren, während er auf dem Bauche lag und in die Nacht spähte. Das Wesen, auf das er geschossen hatte, war jetzt still geworden; dafür aber hatte sich die Nacht mit Geräuschen erfüllt.

Zwinkernd kam ein Licht dicht über dem Erdboden heran; bald sah er auch Beine davor herumwimmeln, und vernahm Stimmen in einer Sprache, die er nicht kannte. Wilde, dachte er, Leute, die Einen auffressen; und drückte sich tiefer auf sein Stroh nieder. Licht und Stimmen hasteten an ihm vorbei, in der Richtung, die das von ihm geschossene Untier eingeschlagen hatte; gar nicht lange, so blieb das Licht stehen, neben einem scheckigen kleinen Hügel, den die Erde jüngst aufgetrieben zu haben schien; und die Stimmen wurden lauter, wie wenn es flucht.

»Meinliebermann!« hauchte er. »Ob ich Der-Ihren eigenen Privatlöwen erschossen hab'?«

Aber Löwe war schließlich Löwe. Also blieb er in Deckung liegen, während das Licht sich wieder in Bewegung setzte, weiter zog, und sich endlich verlor; nur das Rad der Sterne über ihm kreiste noch, und er schlief ein.

In Wachheit wurde er unversehens gerüttelt, und schlug erst den Arm vor die Augen. Wieder klang ihm jene unverständliche Sprache ins Ohr; er riß die Augen auf, und sah vor sich einen kleinen dunkelhäutigen Mann, der, eine Pistole in der Rechten, über ihm kniete. Die Sprache selbst begriff er nicht; aber die Sprache, die die Pistole redete, die begriff er.

Jetzt wollen sie mich fressen! durchzuckte ihn der Gedanke. Sein Bein spannte sich und sichelte den Mann beiseite; der stürzte rücklings hinunter auf den Boden; und er, wie ein Tier springt, warf sich mit ganzem Leibe nach der andern Seite erdwärts. Er hörte eine Pistole losgehen, und spürte, wie ihn etwas derb oben an die Schulter schlug. Er gab den Schuß zurück, und ein Mann plumpste zu Boden. Er sprang auf die Füße und rannte, während Kugeln an ihm vorbei pfiffen. Vor ihm tauchte der Zaun auf: er schlug einen Haken, und stürmte daran entlang, auf der Suche nach einem Tor darin.

Sein linker Arm war warm und feucht; und hier, wo der Zaun eine Biegung machte, war auch ein Tor. Das Geschieße hinter ihm ging weiter; fester umklammerte er die eigene Flinte, als er eine rennende Gestalt erblickte, die ihn von dem Ausgang abzuschneiden versuchte. Wie sie sich einander rasch näherten, sah er, daß es sich um einen Angehörigen seiner eigenen Rasse handelte. »Aus Weg, Nigger –« keuchte er, als der Andre weitgebreitete Arme schwenkte; und sah den Ausdruck fast lächerlichen Erstaunens auf dem Gesicht des Mannes, als sein Gewehr von neuem losging.

Sein Atem pumpte in schweren Stößen, was die Lungen halten wollten. Er mußte anhalten. Hier kam ein Graben, dahinter ein niedriger Wall. Und gleich gradeaus, wo ein anderer Wall ihn kreuzte, war ein kleines Dickicht. In das stürzte er sich Hals über Kopf hinein, und blieb dann, nach Luft jappend, rücklings in Deckung liegen. Es dauerte eine Weile, bis seine Lungen leichter gingen. Dann entdeckte er die Wunde in seiner Schulter. Verblüfft schaute er auf sein sickerndes Blut. »Also das muß sich doch Einer ma' vorstelln«, dachte er. »Mein! Diese Af'ikaner schießen auf Nigger, genau wie in Nicht-Af'ika die weißen Leute.«

Er verband sie ungeschickt; und überdachte dann seine Lage. Deckung hatte er; das war aber auch das einzige. Achtzehn Schuß hatte er noch übrig. Und er würde sie brauchen: schon zeigte sich, rund 200 Meter entfernt, ein Mann, der, die Büchse im Arm, das Dickicht beobachtete. »Sieht nich so aus, als würd'er mich auf der Stelle behelligen«, urteilte er. »Ich werd' mich bis Dunkelwerden hier ausruhen; und dann gehen ich wieder heim zu Mis'ser Bob. Dies Af'ika sein wirklich kein Ort für zivilisertes Mensch – auf Löwen treten, und geschossen werden, und selbst müssen Leute schießen. Aber diese Af'ikaner sind's sicher gewohnt, glaub'ich.«

In seiner Schulter hatte ein dumpfes Pochen begonnen. Er wälzte und warf sich im zunehmenden Wundfieber. Wie durstig er war! Erst hatte er auch Hunger gehabt, aber jetzt empfand er nur noch Durst; und der kühle bräunliche Bach zuhause fiel ihm ein, und die kalte Quelle im Waldstück. Er hob das schweißfeuchte Gesicht, und sah, daß der Beobachter verdächtig nahe gekommen war. Er hob die Flinte, zielte, so gut er mit einer Hand vermochte, und gab Feuer. Der Beobachter fiel auf den Rücken; raffte sich aber wieder auf die Beine, und rannte geduckt davon, außer Schußweite. »Bloß n bißchen Angst beibring'«, murmelte er.

Alles rundum nahm ein kurioses Aussehen an, und die Schulter schmerzte fürchterlich. Für einen Augenblick döste er ein, und wähnte, er sei wieder zuhaus; erwachte vor Schmerzen, und dämmerte neuerlich davon. Dämmern und Wachen, Dämmern & Wachen, so verging der lang-langsame Tag; einige Male kroch er mühsam zu jenem Graben zurück, und schlürfte das trüb stinkende Wasser. Als er das letzte Mal erwachte, war Nacht; Laternen waren drüben und Feuer brannten, und Männer bewegten sich im Feuerschein und redeten.

Er hatte sich eben wieder grabenwärts über den Wall gezerrt, um zu trinken; als er auf dem Rückweg begriffen war, wurde er plötzlich von Autoscheinwerfern voll angeleuchtet. Eine Stimme kreischte auf, und Kugeln peitschten den Grund um ihn; er stürzte sich zurück in sein Dickicht und feuerte blindlings auf alles was Licht war. Ein Mann schrie drüben, und Geschosse rissen und zerrten an seinen Gebüschen, ihre Pflanzenglieder krümmten sich vor dem Nachthimmel wie vom Sturme gefoltert. Ihm war, als streifte man ihm mit heißen Eisen, und er senkte den Kopf und preßte das Gesicht ins schlammige Erdreich.

Urplötzlich verstummte das Feuern; die eintretende Stille zerrte ihn buchstäblich aus den Bereichen seiner Vergessenheit. Er nahm das Gewehr vor und wartete. Endlich zerlegte sich ihm die Schwärze und wurde zu 2 Unterscheidbarkeiten; im Mündungsfeuerschein seines auf gut Glück abgegebenen Schusses sah er zwei kriechende Männer; Einer davon schoß seine Pistole ihm fast ins Gesicht, und floh davon.

Wieder sah er eine Morgendämmerung. Die Sonne hob sich; wurde heiß; und zog dröhnend über seinem Kopfe dahin. Er war zuhause; er arbeitete auf dem Feld; er schlief, und bahnte sich den Weg durch Alpträume; er war wieder Kind – oder, nein, ein Vogel war er, einer von den großen, wie ein Bussard war er, und beschrieb endlose Zeiten hindurch schwarze Kreise auf einem blauen Himmel.

Wiederum sank die Sonne. Der ganze West war wie Blut, sein eigenes Blut, eine Mauer hatte man damit getüncht. Dampfte das Abendessen auf dem Tisch, in einer Nacht, die keine Feuer kannte; aber drüben bewegten sich Leute um welche, und blieben plötzlich sämtlich stehen, als warteten sie auf etwas.

Er hob das Gesicht aus dem Schlamm, und blickte in den Kreis aus Feuern. Es sah aus, als hätte sich Allewelt auf 1 Stelle versammelt, ausgerechnet direkt vor ihm, und Alle warteten auf etwas, oder sahen etwas zu. Sollen sie warten: morgen würde er wieder zu Hause sein, bei Mister Bob, der ihn schelten würde mit seiner sanften Stimme; wo vernünftige Menschen waren, mit denen man reden und lachen und arbeiten konnte.

Aber jetzt kam ein Wind auf: die Zweige und Büsche um ihn bogen sich in schlimmeren Böen, als je bisher; stöhnten und legten sich um und vergingen gar davor. Und auch er war ein Baum, gepackt von der gleichen Windsbraut; er spürte ihre Püffe und Stöße, und wie es sein Astwerk zerbrach, seine Blätter zerschliß und verwehte.

Der Windstoß erstarb; und Stille breitete sich über alle zerfetzten Dinge. Sein schwarzes, gutmütiges, dumpfes, einstlustiges Gesicht war nach oben gewandt, hinauf zum Himmel, in die kalten kalten Sterne: ob Afrika ob Louisiana; was ficht das sie an?

31. Mai 1925

Noch bist du Lehrling, mein Junge!

Wettbewerb gibt's überall: Wettbewerb hält die Welt im Gange. Nicht Liebe, wie Manche behaupten. Wer würde wohl 'ne Frau wollen, die kein Andrer haben will? Ich nicht. Und Du nicht. Und Johnny auch nicht. Und mit Geld ist's genau so. Wenn kein Mensch das Zeug möchte, wär's ja nicht wert, daß man darum kämpft. Aber wichtiger noch, daß man gut in seinem Beruf ist; gleichviel ob der darin besteht, daß man mit Aluminium handelt, oder mit Damenunterwäsche, oder ob man Whisky schmuggelt, oder was man will. Entweder gut oder tot.

»Weißt Du«, sagte Johnny, und lehnte sich samt seinem Stuhl an die Wand zurück, »in unserm Beruf ist ein Mann nicht nur deswegen gut, weil er das Seinige auch anderweitig verdienen könnte; er ist dann gut, wenn er noch ein kleines Bißchen besser sein will, als der Allerbeste; verstehst Du?«

»Klar«, sagte sein Freund Otto, der unbeweglich neben ihm saß.

»Wenn Einer Angst vor'm Umgelegtwerden hat, gibt's ja nichts einfacheres: braucht er sich bloß 'ner Straßenbande anzuschließen oder als Sodajunge zu gehen. Das ist egal; aber gut muß er sein – so gut wie der Beste bei seinem Verein. Ob man das Seinige zusammen kriegt oder nicht, beweist letzten Endes nur, wie gut man ist, beziehungsweise wie gut man hätte sein sollen.«

»Klar«, bestätigte Freund Otto, schob seinen steifen Hut nach vorn, und spuckte einmal kurz.

»Weißt Du, persönlich hab ich nichts gegen diesen Makkaroni, ja? Aber er spielt sich auf, als wär' er wer weiß wie gut, und ich spiel mich auch auf, als wär ich gut; und da werden wir eben eines schönen Tages mal zwischen uns ausmachen müssen, wer denn nun tatsächlich der Beste ist.«

»Tja«, sagte Otto, während er sich eine dünne Zigarette drehte, und das Streichholz auf seinem Daumennagel anriß, »aber paß den richt'jen Moment ab. Du bist noch jung, ja?; und er'n alter Fuchs auf diesem Gebiet. Laß Dir Zeit. Setz erst noch'n paar Jahresringe an; dann bin ich gern bereit jeden Betrag auf Dich zu wetten: wie Du ihm da vergangene Woche die Ware vor der Nase weggeschnappt hast, das war ein Ding, besser ist noch keines in unserer Stadt gedreht worden. Aber, wie gesagt, setz lieber noch'n paar Jahresringe an, eh Du ihm offiziell Contra gibst, ja? Daß ich für Dich bin, ist Dir ja bekannt genug.«

»Klar«, sagte Johnny jetzt seinerseits, »ich bin doch nich doof. Aber gib mir noch 5 Jahre, höchstens, dann wird man nur noch Johnny Gray kennen; an den Makkaroni werden sich nich ma' mehr die Polizisten erinnern können. 5 Jährchen, ja?«

»Recht so; so hör ich's gern. Wir haben die letzte Zeit derart manöveriert, daß sie sich nicht zu beklagen haben. Laß die Dinge so, wie sie jetzt liegen; und wenn der richt'je Zeitpunkt gekommen ist, servieren wir die Buben sämtlich ab.« –

»Und Recht hat er«, dachte Johnny, während er die Straße hinunter ging. »Laß Dir Zeit, und bring Dich inzwischen in Form. Auf Anhieb ist ja kein Mensch gut: gut sein, das will gelernt sein. Ich bin doch kein Trottel; ich hab Verstand genug, den Makkaroni so lange zu übersehen, bis er reif ist. Und wenn er das einmal sein wird – dann gute Nacht.«

Er blickte auf, und bekam unwillkürlich ein kaltes Gefühl in der Magengegend – nicht aus Angst; sondern vor dem wilden Wissen dessen, was eines Tages kommen würde. Hier kam der Makkaroni, in einem vornehmen Mantel, und Johnny empfand, ob er schon nicht wollte, bitteren Neid. An einander vorbei: Johnny nickte; der Andere jedoch hob nur beiläufig und gönnerhaft 1 Finger in seine Richtung. Zu stolz, um sich noch einmal umzudrehen, sah er doch im Geist die prahlerisch betonten Schultern des Anderen, und den diskret angedeuteten Wulst auf der rechten Hüfte. Eines Tages, Du! Johnny fluchte halblaut in sich hinein, und lechzte nach jenem Tage.

Und dann sah er sie.

Sie kam ihm entgegen, die Straße herab; ihr frischer noch flacher Körper schwang dahin, in all der linkischen Anmut der Jugend; ihre dünnen jungen Arme schwangen; unter'm Hut sah er ihr Haar hervorkommen, weder Braun noch Gold, und 2 graue Augen. Stakig wie ein Rassefüllen schwang sie an ihm vorbei; und wie er sich umwandte, ihr mit den Blicken zu folgen, all die vagen Sehnsüchte der eigenen Jugend spürend, sah er doch diesen Makkaroni graziös hinzutreten und sie anquatschen.

Sah sie zurückschrecken, und wie der Makkaroni ihr die Hand auf den Arm legte. Und Johnny durchfuhr es: daß die lang herbeigesehnte Gelegenheit, seine Überlegenheit zu beweisen, hier schon gekommen wäre. Der Makkaroni hatte sich bereits ihrer beiden Arme bemächtigt, als er sich dazwischenwarf; aber daß Jener seinen Griff löste, geschah mehr vor reinem Erstaunen, als er Johnny erkannte.

»Hau ab«, befahl Johnny kalt.

»Nu Du armseliges Würstchen, was willst denn Du? Sprichst Du mit mir?«

»Hau ab, hab' ich gesagt«, wiederholte Johnny.

»Du kleiner – – –«, und die Augen des Älteren wurden plötzlich rot wie die einer Ratte. »Weißt Du nicht, wer ich bin?« Er stieß Johnny plötzlich beiseite, und packte wiederum des Mädchens Arm. Sie hatte den Handrücken gegen den

Mund gepreßt, und war unbeweglich vor Furcht. Als Jener sie wieder berührte, kreischte sie auf; Johnny sprang zu und versetzte dem Makkaroni einen Haken ans ungeschützte Kinn; während sie schon wimmernd die Straße hinunter floh. Johnny stand über dem zu Boden Geschlagenen, die gezogene Pistole in der Hand, als Otto herzu gerannt kam.

»Meingott!« rief Otto, »jetz hasDe was angerichtet!« Er zog einen schwer wippenden Lederstab aus der Tasche. »Ich riskier nich, ihn hier abzukehlen. Ich verpaß ihm noch anständig eins; und Du verschwindest indessen; ganz aus der Stadt weg, flott!« Er versetzte dem Mann, der immer noch groggy war, einen geschickten Schlag, und rannte davon. »Und verdufte schnell, um Himmels willen!«, rief er noch über die Schulter zurück. Aber Johnny war schon hinter dem Mädchen her gelaufen; auch kam bereits, schwerfälligen Galopps, ein Polizist in Sicht.

Bei einem dunklen Torweg holte er sie ein. Sie war stehen geblieben und an die Mauer gesunken, hatte das Gesicht in die Biegung ihres Armes gedrückt, und jappte und weinte. Als er sie anrührte, schrie sie erneut auf, fuhr herum und wäre schier hingefallen. Er fing sie auf und stützte sie.

»Er iss es nich; ich bin's«, beruhigte er sie, nicht gerade lichtvoll. »So, so; ist ja gut Alles. Ich hab ihn mir schon vorgenomm'.«

Sie klammerte sich schluchzend an ihn; und der arme Johnny warf hilflose Blicke um sich, jetzt saß er drin: mein; was macht man bloß mit einem weinenden Mädchen?

»Ts, ts, Baby«, wiederholte er, und klopfte ihr unbeholfen den Rücken, wie man etwa mit einem Hunde tut, »iss ja Alles in Ordnung. Der belästigt Dich nich mehr. Sag, wo Du wohnst; und ich bring Dich nach Hause.«

»Uh-hu-huuu; er hat mir sooo Angst gemacht«, wehklagte

sie, und klammerte sich fest an ihn. Armes Ding; sie wußte nicht, daß eigentlich er Derjenige war, der Grund zum Angsthaben hatte; daß sein Leben es war, das soeben eine finstre und unbekannte Wendung nahm; ob zum Bessern oder Schlechteren wußten nur die Götter. Es ist immer noch Zeit, aus der Stadt zu verschwinden, mahnte die Vorsicht. Otto hat Recht; er ist der Erfahrenere. Laß sie stehen und hau ab, Du Narr! Sie stehen lassen, während der da hinten noch rum lungert?, war die Antwort der Jugend: bei den falschen Zähnen meiner Großmutter, das kommt gar nich in Frage!

Er fühlte, wie ihren biegsamen jungen Leib neue Angstschauer durchliefen, und ihr halbersticktes Schluchzen.

»So, so, Baby«, wiederholte er sinnlos. Er hatte ja nich ma Ahnung, was man zu ihnen sagt. Aber er mußte sie jetzt weg von hier kriegen. Der Makkaroni würde sich inzwischen allmählich erholt haben, und nach ihm Ausschau halten. Er zog sie fester an sich; ihr Zittern ließ langsam nach; und, wie er sich umsah, hätte er fast einen Ruf der Erleichterung ausgestoßen: hier war ja das Haus vom alten Ryan, dem Polizisten, der ihn von Kindesbeinen an, seit über 15 Jahren schon, kannte. Genau was er brauchte.

»Also, das'ss ja genau, was wir brauchen. Missis Ryan kennt mich; die kann sich solange um Dich kümmern, bis ich wieder komm, Dich abhol'n.«

Sie umspannte ihn entsetzt mit dünnen Armen: »Nein, nein; nich alleine lass'n! Ich hab solche Angst!«

»Ach, doch höchstens 1 Minute, Liebling«, versicherte er ihr, »bloß bis ich weiß, wohin Der sich begeben hat, verstehst Du? Wir wollen ja schließlich nich nochmal über den Kerl stolpern.«

»Nein, nein, nein; er tut Dir was!« Ihr feuchtes salziges Gesicht war an seinem. »Du darfst nich! Du darfst nich!«

»Doch; bloß n Moment, Baby. Eh Du Dich's versiehst, bin ich wieder zurück.« Sie stöhnte wieder in Johnnys Gesicht hinein, und er küßte ihren kalten Mund, und es war, als dämmere plötzlich der Morgen zwischen Bäumen, in denen Vögel singen. Einen Herzschlag lang schauten sie einander an.

»Muß es sein?« sagte sie mit veränderter Stimme; ließ sich von ihm nach der dunklen Tür führen; und sie hielten einander ganz fest, bis im Flur des Hauses Schritte hörbar wurden. Noch einmal legte sie die Arme um Johnnys Nacken.

»Mach schnell, Du«, wisperte sie, »und, oh, paß Dir bloß auf. Ich hab ja solche Angst!«

»Baby!«

»Liebster!«

Die Tür ging auf, und Missis Ryan stand darin. Rasch eine kurze Erklärung. Dann, ihren feuchten Kuß noch im Gesicht, schlüpfte Johnny behend aus dem Torweg.

Hoch oben, in großer Ferne, zogen Sternenschwärme; hier unten aber waren glitzernde Lichter und gepflasterte Straßen, und all die Stadtgerüche, die er so liebte. Sicher, er konnte für eine Weile verschwinden, und dann wiederkommen, und alle Dinge – Lichter, Straßen, Gerüche – würden dieselben sein. Aber »Nein!« schwor er sich. »Ich hab' jetzt ein Mädchen. Lieber laß ich mich killen, als daß sie denken sollte, ich wär' weggelaufen.« Aber ach, wenn doch bloß das jetzt nicht dazwischen gekommen wäre! Wie süß sie ist! Ich möcht' wissen, ob das jetzt Liebe ist, dachte er; oder ist es etwa nur Angst, daß ich am liebsten zu ihr zurück rennen würde, und die Dinge einfach laufen lasse, anstatt sie in die eigenen Hände zu nehmen? Sei dem, wie ihm sei: ich hab' es für sie getan. An den Kumpeln unredlich gehandelt hab ich nicht. Hier mußte ich eingreifen; das sieht ja wohl Jeder ein.

»Naja, so gut wie ich gern sein möchte bin ich noch nich; aber so gut sein, wie ich bin, das kann ich.« Wieder sah er hinauf, in die fliegenden Sterne; locker in der Tasche trug er seine Pistole; und wieder sog er die Gerüche ein nach Benzin und Nahrungsmitteln, die er liebte; und Jemand trat rasch aus einem Torweg.

Nanu – wieso war sie jetzt schon wieder an seiner Seite, mit dem jungen Leib ganz aus Glanz, und dem Haar weder Braun noch Gold, und dem Augenpaar von der Farbe des Schlafs; aber ein bißchen verschieden war sie gleichzeitig doch auch wieder.

»Mary?« flüsterte Johnny, versuchsweise.

»Kleine Schwester Tod«, berichtigte die Sehr-Glänzende, und nahm ihn an der Hand.

26. Juli 1925

Der Lügner

Vier Männer saßen gemütlich auf der Veranda von Gibsons Kaufladen, von wo aus man die Eisenbahnschienen sehen konnte, sowie zwei schwer zu beschreibende gelbe Gebäude. Die beiden Gebäude gehörten der Eisenbahngesellschaft, und waren folglich in einer unpersönlichen Art sauber und aufgeräumt, und beide mit dem gleichen erstaunlichen Gelb angestrichen. Der Kaufladen, der der Eisenbahngesellschaft nicht gehörte, war nicht gestrichen. Er wirkte in seiner Lage am Hügelhang ziemlich schwerfällig hingeklebt; aber der Eigentümer konnte desto behaglicher dort sitzen, in Richtung Tal spucken, und mit dem Blick die Rauchfahne verfolgen, die das gelegentliche Nahen eines Zuges verkündete. Kaufladen und Eigentümer ähnelten einander; beide waren sie schlampig und gemütlich; und der Fall, daß der Stuhl des Eigentümers als einziger besetzt und lässig nach hinten an die Wand gekippt gestanden hätte, oder seine Holzschnitzel die einzigen gewesen wären, die den Fußboden verzierten, trat selten ein.

Heute hatte er 4 Gäste. 2 davon waren aus dem Hügelland geritten gekommen, um einfache Gebrauchsgegenstände einzukaufen; die andern Beiden dem morgendlichen Güterzug der Lokalbahn entstiegen; jetzt saßen sie Alle beieinander, sorglos und im besten Einvernehmen, und sahen der Rauchfahne der Lokomotive nach, wie sie allmählich durchs Talgewinde dahinschwand.

»Wer mag'nn das sein, der da vom Deepo her rauf kommt?« sprach endlich der Eine. Die Augen der Andern wandten sich in die angegebene Richtung, und der Fremde stieg den Pfad vom Bahnhof her hügelauf, begleitet von ihren festen selbstbewußten Kleinstädterblicken. Seine Tracht war ziemlich rauh – ein verbeulter Filz, eine grobe blaue Tuchjacke, und Manchesterhosen – ein Kostüm, identisch mit dem zumindest von einem seiner Zuschauer.

»Mein Lebtag noch nich gesehen. Hier in der Nähe wohnt er nich, das kann ich mit Gewißheit sagen«, murmelte der Eigentümer. »Kennt'n Einer von Euch etwa?«

Alle schüttelten sie die Köpfe. »Vielleicht hint'n, aus'n Bergen, Einer. Die Kerls drücken sich ja das ganze geschlagene Jahr da hinten rum; da gibt's Welche drunter, die sind in ihrem Leben noch nich wo anders gewesen.« Der also redete, war ein kleiner Mann mit mächtigem rundem Kahlkopf und einem langen pomadigen Gesicht, aus dem zwei ausgebleichte Augen unschuldig und gleichzeitig durchdringend blickten – an einen verkommenen Priester mußte man denken – er fuhr jetzt fort: »Drüben, bei Mitchell's, hat man mir erzählt, wie vergangenen Monat einer von der Sorte seine ganze Familie in die Stadt gebracht hat, damit se ma'n Eisenbahnzug sehen. Der Zug feift von ferne, und seine Frau und die 6, 7 Kinder wer'n schon etwas nervös, und fang'n an, durch'nander zu rennen. Aber als er nu gar um die Kurve rum in Sicht kommt, geht der ganze Haufen durch und ab; Richtung: die heimatlichen Wälder.

Der alte Mitchell selber war auch grade reingefahren gekomm', um sich seine Zeitung abzuholen; und diese Hügel-Heinis rennen ihn doch mitsamt sei'm Gefährt übern Haufen: machen den Zweisitzer zu Kleinholz, und den Gaul derartig verrückt, daß se bis nächst'n Tag Mittag gebraucht hab'm, um'm wieder einzufangen. Tatsache: die ganze Nacht über hab ich se halloen und brüllen hören, wie se sich geschundn haben, den Gaul bloß in irgendwas reinzuscheuchen, was n Zaun drum hat. Es heißt, er wär der alten Miss's Harmon quer durchs Haus gerannt –« Hier platzte der Erzähler heraus, ob der eigenen Erfindungen. Auch seine Zuhörer lachten in Würdigung des Witzes; aber auch wiederum nachsichtig, wie man wohl über ein Kind lacht. War er doch allgemein als Fabulierer bekannt. Und obwohl von Natur wahrhaftig, wie alle bodenverbundenen Menschen sind, vergaben sie ihm seinen Überschuß an Fantasie um der guten Laune willen, in die er sie versetzte, und für welche sie Verständnis hatten.

Das Gelächter verstummte, denn der Neuankömmling war nahe. Er stieg die wackligen Stufen herauf, und stand, ein finsterblickender Mann, vor ihnen. »Morgn, die Herrn«, grüßte er ohne sonderliche Begeisterung.

Der Eigentümer, gewissermaßen als Gastgeber, erwiderte den Gruß. Die Andern, wie es Sitte war, murmelten etwas – irgendwas. Der Fremdling betrat den Laden, und der Eigentümer erhob sich widerwillig und möglichst genußvoll, um ihm zu folgen.

»Sagt ma«, merkte der Geschichtenerzähler sogleich an, »iss Euch auch schon aufgefallen, wie Will auf Draht iss, wenn'n Geschäft winkt? Wie er hoch schnellt, wenn'n Kunde in Sicht kommt, und sich halb die Hacken abrennt, damit er ihn bloß zu sich rein dirigieren kann? Mir fällt dabei immer die Zeit ein –«

»Halt'n Mund, Ek«, kommandierte der Eine gleichmütig. »Du hast heut früh schon 1 Lüge aufgetischt. Laß'n Menschen wenigstns in Friedn ne Feife zwischen den einzelnen rauchen. Vielleicht will der Fremde Dich ja ma hörn. Und Will würd's auch nich gerne verpassen.« Die Übrigen lachten schallend auf, und spuckten.

Gibson und sein Kunde kehrten zurück; der Eigentümer sank mit einem erleichterten Seufzer wieder auf seinen Stuhl; der Andere, der ein Stück Käse und eine Papiertüte mit Keksen in der Hand trug, ließ sich auf der obersten Treppenstufe nieder, den Rücken gegen einen der Holzpfeiler; sein Gesicht war ihnen nur teilweise zugekehrt. Er begann seine Mahlzeit; während sie ihn ernsthaft aber nicht im geringsten beleidigend anstarrten, wie nur Kinder es vermögen, beziehungsweise Alle, deren Wünsche und Bedürfnisse noch einfach geblieben sind.

»Du, Will«, sagte der Eine nach der betreffenden Pause, »beinah hätt's'De eine von Ek's Anekdot'n verpaßt. Wir konntn ihn grade noch vereint stopp'n. Jetz kann's von Uns aus losgehn, Ek.«

»Hört ma«, sagte der als Ek Angeredete bereitwillig, »ich glaub, Ihr denkt tatsächlich, Alle wie Ihr hier seid, daß ich'n Mund nich aufmachen kann, ohne zu übertreib'm; aber jetz wer'ich Euch was ganz Merkwürdiges erzählen, das wirklich passiert iss. – Und zwar war das so –«

Schon unterbrach man ihn: »Ho, Will; krieg Deine Pferdemedizin raus: Ek iss krank gewordn.«

»Muß'n Schlag erlittn habm. Und was habm wir ihn nich gebetn, nich so auf's Feld, in de Sonne, zu gehen.«

»Tcha; da kann man sehen, was Arbeit so anrichten kann.«

»Nee, wißt Ihr was: das macht der Schnaps, den die Bub'm, die Simpsons, herstelln. Der bewirkt, daß der Mensch nur noch die Wahrheit sagn kann. Daß se den bloß nich mal an's Gericht verkaufen, sonst sitzt bald Jedermann im Kittchen.«

Ek hatte sich vergeblich bemüht, den Heiterkeitsausbruch zu übertönen. »Ihr Leute habt ja keine Ahnung«, brüllte er. »Da gibt'n Mensch sich Mühe, Euch ne wahre Geschichte zu erzählen –.« Aber wiederum wurde er niedergeschrieen, und Will Gibson faßte noch einmal zusammen:

»Also Ek, wir bezweifeln gar nich, daß Du auch ma die Wahrheit sagn kannst, wenn's unbedingt sein muß; so vor

Gericht, oder in der Kirche; aber die wahrste Geschichte könnte nicht auch nur annähernd so unterhaltsam sein, als wenn De Dich natürlich gibst, was Jungens? Dann bis' De besser, wie'n ganzes Theaterstück, stimmt's Leute?«

Die Andern stimmten ihm unüberhörbar bei; aber Ek lehnte es ab, wieder versöhnt zu sein. Er saß, in gekränkter stummer Würde. Die Andern kicherten in Abständen; aber schließlich nützte sich auch dieser Anlaß zum Lachen ab, und kein Geräusch war mehr zu vernehmen, als das methodische Gekaue & Geschnurpse des Fremden. Er hatte anscheinend an der Heiterkeit nicht teilgenommen. Fern, vom oberen Ende des Tals her, hörte man einen Zug pfeifen; das Echo griff den Schall auf, tändelte eine Weile damit, und ließ ihn dann wieder in Stille zurückschrumpfen.

Aber Stille war für Ek etwas Unerträgliches. Zuletzt überwältigte es doch seine gekränkte Würde. »Also«, hob er zwanglos seinen Bericht wieder an, »laßt Euch ma was ganz Merkwürdiges erzählen, das mir tatsächlich gestern passiert iss. – Ich war gestern bei Mitchells drüben, und wartete nu auf den Frühzug, als mir Ken Rogers, der Sheriff, begegnet. Wir bieten uns also die Zeit, und er fragt mich, was ich heute noch vorhätte; nu, sag ich, mein Hauptanliegen zur Zeit wäre, mit der Nummer 12 wieder heim zu fahren. Da sagt er, ach, er suchte eigntlich grade Jemand'n wie mich, und erkundigt sich, ob ich nich hintn in'n Bergen aufgewachsen wäre? Oh ja, sag ich; und erzähl ihm die Geschichte, wie ich 21 wurde, und mein Pa die Zeit für gekommen hielt, daß ich endlich Schuhe trüge. Ich hatte mein Lebtag noch kein' Schuh am Fuß gehabt, und war damals jung und bockig wie n Fohl'n.

»Naja, Ihr mögt's glaubm oder nich; aber wie die damals, an jenem Morgen, vor meinen Strohsack hingetreten sind, mit'm Paar neuer Schuhe in der Hand,: ich hoch, und raus, im Hemd wie ich bin, und rein in'n Wald. Pa verständigte sofort die Nachbarn, und man organisierte ne Treibjagd, mit Äxtn & Strickn & Hundn, als wenn sich's um'm Bärn gehandelt hätte. Allerdings ohne Gewehre; Pa war der Ansicht, das wär nu doch ne Vergeudung menschlicher Arbeitskraft mich direkt zu erschießen; denn so'n Tagespensum runterzureißen, hätt' ich mich mit Jedem von Denen messen können.

»Zwei Tage ha'm se im Ganzen gebraucht, um mich zu erwischen; und auch dann kriegten se mich nur, weil die großen, auf'n Mann abgerichteten Köter von Lem Haley mich auf'n Baum rauf gejagt hatten; auf'm Großen Sand war's übrigens, 30 Kilometer von zuhause entfernt. Und Ihr werd't's vielleicht wieder nich glauben; aber es hat Pa's und dreier starker Männer außerdem bedurft, mir diese Schuhe anzulegen.« Er mußte selbst als Erster lachen, und der Fremde stimmte diesmal mit ein. »Ja, Leute, das war'n noch Zeitn. Aber halt ma, ich bin irgendwie vom Thema abgekomm' – wo war ich denn – ach so. Schön; also der Sheriff fragt mich, ob ich nich mit ihm'n Stück hinten in die Berge rauf komm könnte? Naja sag ich, ich weiß nich recht: ich hätte heute eigentlich in Sidon noch was Geschäftliches zu erledigen –«

»Das gleiche Geschäft, was De jetz, im Augenblick, grade erledigst, was?«, unterbrach ihn einer seiner Zuhörer. »Dir n Ort aussuchen, wo de Leute Dir noch glauben, wenn De sagst, Du sprächst de Wahrheit.«

»Also jetz hör ma, Du –«, wollte der gekränkte Erzähler beginnen, als der Eigentümer eingriff. »Sei stille jetz, Lafe; Laß'n seine Geschichte ma zu Ende erzähln. Weiter, Ek; 's unterbricht Dich Keiner mehr jetz.«

Ek warf ihm einen dankbaren Blick zu, und fuhr fort:

»Also paßt auf. Der Sheriff sagt zu mir, er könnte'n Mann brauchen, der die Leute in'n Bergen kennt und zu behandeln versteht, und der mit ihm in die Häuser ginge. Irgendwas wär da vorgefallen, und er wollte das aufklären. Aber diese Bergbewohner wären derartig gerieben und mißtrauisch, daß die's fertig kriegten und schössen, ehe man noch erklärn könnte, worum sich's überhaupt handelt. Also wär's ihm sehr lieb, wenn ich mitkomm', und sie gewissermaßen immer vorher besänftigen könnte. Versprach mir auch, mich zur rechten Zeit zurück zu bringen, daß ich auf jeden Fall noch den Abendzug erwischte. Na, und da es ja nichts gibt, was ich nich auch noch'n Tag oder so verschieben könnte, geh ich also mit ihm. Sein Auto steht schon abfahrbereit; ein Assistent iss auch noch dabei; klettern wir also rein und brausen los.

»Der Tag war prächtig, wie ich je nur einen erlebt habe; und wir amüsieren uns großartig, lachen, und erzählen hin & her –«

Lafe unterbrach ihn schon wieder: »Müssen demnach alles Leute gewesen sein, die Dich früher noch nie lügen gehört habm.«

»Still, Lafe«, befahl Gibson diktatorisch.

»– und als ich mich wieder umseh, komm' wir schon an eine Stelle, wo die Straße sich in Wohlgefallen auflöst: ›Ab hier müssn wir zu Fuß weiter‹, sagt der Sheriff; also parken wir den Wagen'n Stück vom Straßenende seitwärts, und marschieren zu Fuß los. Nu bin ich ja tatsächlich in den Bergen dort geboren und aufgewachsen; aber die Stelle, wo wir jetz waren, hatt' ich doch noch nie vorher gesehen – nischt wie Grate & Rinn'n, wo man n Pferd nich mehr wiederfindet, wenn man's frei laufen läßt. Jedenfalls sagt der Sheriff schließlich zu mir: ›Ek‹, sagt er, ›der Ort, wo wir hin wollen, liegt dort, grade hinter der Bodenerhöhung. Da gehst Du also drüber und auf das Haus zu, und erklärst dieser Missis Starnes, wer Du bist; während Tim und ich da-den Pfad außen lang gehen. Joe hat n Feld unterhalb, vielleicht fang'n wir n da ab. Wir komm' dann auch hin, zum Haus. Vielleicht kanns'de Miss' Starnes bittn, daß se uns'n klein Imbiß macht.‹

»›Gern, Sheriff‹, sag ich, ›aber kenn'tu ich hier rum kein'n Menschn.‹

»›Ach, das macht nischt‹, sagt der Sheriff, ›geh Du einfach hin zu dem Haus, und sag ihr, ich & Joe & Tim würden auch bald erschein'n.‹ Und damit marschieren er und Tim los, um den Felsrücken rum; und ich meinerseits in der Richtung, die er mir angegeben hat. Na schön; ich kraxel also den Felsrücken hoch, bis ich ob'm steh; und richtich: im nächsten Tälchen drüben liegt'n Haus mit ner Scheune. Wie'n Rittergut sah's allerdings nich grade aus, und ich kam zu dem Ergebnis, daß diese Starnes-hier so das normale armselig-faule Hügelvolk sein müßten. Auf dem Felsrücken wo ich stand lag Geröll aller Art in Menge, und grade wie ich dran denken muß, was für'n prächtijes Revier für Schlangen das doch eigentlich wäre und mich eben hinunter in Richtung Haus aufmachen will – Bzzzrrr! schon klapperts los, genau hinter mir. Ich ein' Satz mach'n, aber gute 6 Meter weit, meine Herren, und mir n paar Klamotten schnapp'm, iss eins. Wie ich'n paarmal geschmissen hab, iss die Klapperschlange in'm Loch verschwunden; und in dem Augenblick seh ich 3 weitere mit zerquetschten Köppen rumliegn, und wer' mir klar, daß ich in ne veritable Schlangengrube reingestolpert sein muß. Die 3 waren noch nich lange tot, und von der klein'n Probe, die mir eben geworden war, schwante mir, wie wild die übrigen sein mußten; also brach ich meine Zelte da schleunigst ab. Dabei war ich gar nich weit von dem Kerl, der die 3 gekillt hatte; *wie* nahe ich war, erfuhr ich allerdings erst nachher.

»Ich türm' also los, abwärts, durch's Gestrüpp, und nähere mich dem Haus von hinten. Am Hang unterhalb der Scheune, und noch zwischen mir und dem Wohnhaus, war ne Quelle in'ner Felsrinne, und zwar ne eingezäunte, zum Schutz gegen's Vieh. Und überall Rinn'n und tiefe Risse und Steinblöcke: so elendn steinigen Boden hatt'ich bald überhaupt noch nich gesehen – Löcher wie Brunn'schächte so eng und tief, und voll Geröll. Ich mußte drüber hops'n wie ne Ziege.

»Ich bin den Hang annähernd halb runter, da seh ich, wie unt'n bei der Quelle 'n Kerl rum murxt. Zuvor hatt' ich ihn nich bemerkt. Als ich das erste Mal hinsah, war er einfach nich vorhandn gewesn; aber jetz, wie ich wieder hinkuckte, war er eben da, und richtete sich von der Quelle auf. Unter'm Arm hatte er'n hölzernen Kasten. Wie er dahin gekomm' war, hab ich nie erfahren.

»Da mir ja nu bekannt war, wie empfindlich dieses Hügelvolk iss, will ich grade anfangn, mich durch Ruf'm bemerkbar zu machn, als er die Finger in'n Mund steckt und feift. Zuerst nahm ich an, er feift vielleicht sei'm Hund, und dachte schon bei mir, das müßte'n traurijer Köter sein, der mich nich gewittert hat, wo ich doch derart nahe bin; als aus der Hintertür des Hauses ne Frau rauskommt. Sie bleibt ungefähr 'ne Minute da stehen, legt die Hand über die Augen und mustert sämtliche Felsrücken im Umkreis; aber zur Quelle runter sieht sie nich einmal. Dann kommt sie endgültig raus, schleppt was in der Hand, und begibt sich am Laufschritt hin zur Quelle. Und da fiel mir auf, daß sie ihr'n Sonntagshut auf hatte. Und das Ding in ihrer Hand war ne Reisetasche. Es sah aus, Leute, als flöge sie den Hang hinab.

»›Hoho‹, denk ich so bei mir selbst, ›hier geht was vor sich, wovon ich nichts weiß; und wovon Herr Starnes garantiert auch nichts weiß.‹ Der Sheriff schien sich vorhin absolut sicher, daß er nich zu Hause sein würde; und daß Mann & Frau sich derart Mühe und Umstände machen, um irgendwohin zu gehen, hatt'ich bisher noch nie gesehen.

»Naja, bei der Quelle treffen sie sich also. Der Kerl hat sein' klein' Kasten behutsam abgesetzt, und schon klammern sich die Beidn an'nander an, wie zwei Schafe im Sturm, und küssen sich schwer ab. ›Hoho‹, denk ich bei mir, ›das wär also wieder was, wovon Starnes & ich nichts wissen; und wenn er's täte, würd'er ganz schön zuckn.‹ Ich stand beträchtlich höher, als die Beiden, und schau mich grade ma kurz nach'm Sheriff und Tim um; da seh ich, wie'n einzelner Kerl das Tälchen von oben runter kommt. Sie konnten ihn unmöglich sehen; aber in dem Augenblick, wo ich ihn sah, hatte erseinerseits die Beiden erspäht. 'ne Minute lang blieb er stehen, wie wenn er nachdächte; dann kam er weiter ran; nich daß er sich direkt versteckte, aber er ging vorsichtig.

»Inzwischen haben sich die Beiden bei der Quelle über den Kerl sein' klein' Kasten gebückt, und ich seh, wie sie zurückspringt und scheinbar aufquiekt. Tcha-also-Leute, der Fall wurde ja von Minute zu Minute immer kurioser, und mich verlangte nu doch allmählich recht dringend nach'm Sheriff und Tim, daß die endlich erschienen. ›Wenn der Sheriff Int'resse dran hat, was aufzuklären‹, denk ich bei mir, ›dann hätt'ich wahrlich hier einiges für ihn.‹ Und ab nun ging Alles ziemlich flott.

»Die Beiden an der Quelle schauen ganz unvermittelt auf. Sie mußten den Andern entweder gesehen oder gehört haben; also ging er jetzt auch ganz offen auf sie los. Zuerst iss es, als wenn die Frau hinter dem ersten Kerl verschwindet; dann aber läßt sie ihre Tasche fallen, und rennt mit beiden Beinen schnurgrade auf den Andern los, also Den, der grade erschienen iss, und versucht, ihm um den Hals zu fallen. Er schüttelt sie ab, und sie fällt auf de Nase; springt aber sofort wieder auf, und versucht erneut, ihn zu umhalsen.

»Naja, sie versucht jedenfalls andauernd, ihm in die Arme zu fallen, und er schüttelt sie ebenso unermüdlich ab, und marschiert die ganze Zeit über weiter auf Nummer Eins los, nicht schnell, aber gleichmäßig. Endlich sieht sie wohl ein, daß sie sie doch nich aufhalten kann; also zieht sie sich zurück, die Hände so auf die Seite gepreßt, und ich kann erkenn'n, daß sie Todesängste aussteht. Wie die beiden Kerle ungefähr noch'n Meter aus'nander sind, holt Nummer Zwei aus, und verpaßt dem Andern ein Ding, daß er buchstäblich in die Quelle purzelt. Sofort jedoch wieder aufspringt, und sich von dem Zaun, der das Vieh von der Quelle fernhalten soll, ne Latte schnappt. Die Frau schreit auf; hängt sich neuerlich an Nummer Zwei, und während Der sie wieder abzuschütteln beschäftigt ist, holt Nummer Eins aus, versetzt ihm mit seiner Latte eins über'n Schädel, und der fällt um, wie'n erschlagener Ochs. Nu hab'm diese Bergbewohner zwar ziemlich harte Schädel, aber mir schien's, ich konnte förmlich hören, wie dem Kerl die Hirnschale platzte. Zumindest rührte er sich weiter nicht mehr. Die Frau fährt zurück, umklammert ihren Kopf mit beiden Händen; und der Kerl beobachtet ihn noch eine Weile, dann schmeißt er seine Latte beiseite.

»Also, Meinliebermann, Ihr hättet mich mit'm Strohhalm k.o. schlagen können. Da stand ich nu, mußte'm glatten Mord zusehen, fürchtete mich, 1 Finger zu rühren, und keine Spur von Sheriff & Tim. Ich komm'im Leben sonst wirklich glänz'nd ohne Polizei aus; aber da hätt'ich doch ma Einen gebraucht.« Ek brach ab, mit vollendeter Kunst, und ließ den Blick über seine Zuhörer wandern. Ihre Augen hingen, hingerissen, an seinen Lippen; der heiße schwarze Blick des Fremden war wie eine Klinge, die den Erzähler förmlich an die Wand spießte, als wär' er eine Motte. Wiederum pfiff der Zug, aber Niemand achtete seiner.

»Weiter, weiter«, jappte Gibson. Er löste nur mit beträchtlicher Anstrengung seines Willens seinen Blick aus dem des Fremden, und hatte den Eindruck, daß der angenehme Maimorgen plötzlich frostig geworden sei. Aus irgendeinem Grund hätte er seinen Bericht eigentlich lieber nicht fortgesetzt. –

»Naja; ich wußte ja nich, ob der Kerl das Geschäft nu auf der Stelle vollständig erledigen würde oder nich; zuerst schien es, als wüßte er's selber nich. Und die Frau benahm sich die ganze Zeit, wie wenn se behext wäre. Zuguterletzt geht er jedenfalls hinzu, hebt den bewußtlosen Kerl an, schleppt'n ungefähr 5 Meter an der Rinne lang; und schmeißt ihn dann wie'n Mehlsack in eins von den engen tiefen Löchern. Und die Frau sieht ihm die ganze Zeit zu, als wär se zu Stein geworden.« Wiederum pfiff der Zug und auch die Lokomotive kam jetzt in Sicht; aber Keiner verwandte den Blick vom Antlitz des Erzählers.

»Nunmehr hatte's den Anschein, als hätte er sich endgültig zu was entschlossen. Er kommt zurückgerannt, dahin wo die Frau steht; und ich denk', meingott, jetzt bringt er Die auch noch um. Aber nein, er will nur sein' Kastn hab'm. Er hebt ihn auf, und geht damit wieder dorthin zurück, wo er den andern Kerl reingeschmissen hat. Also meine Herrn, wenn ich damals überhaupt noch die Kraft gehabt hätte, auf was neugierig zu sein, dann wär ich darauf neugierig gewesen, was Der jetzt vorhatte. Aber wie die Dinge lagen, konnte ich einfach nich mehr denkn; ich machte bloß Glotzaugen wie'n Fisch, den man aus'm Wasser holt.

»Und die ganze Zeit fummelt dieser Kerl an sei'm Kasten rum, und hat sich dazu an den äußersten Rand des Schachtloches gestellt. Auf einmal hält er ihn weit von sich, und schüttelt ihn umgekehrt über dem Loch aus. Und endlich, vielfältig verschlung'n, und glänzend wie'ne überdimensionale Uhrkette, hängt was da raus, schimmert und windet sich, und sinkt runter, an den Ort, wo dieser Andere liegt.

»Da wußte ich denn, wer die Klapperschlang'n vorhin erschlagen hatte.«

»Mein Gott«, sagte Einer.

»Tcha. Die hatten vorgehabt, die Schlange irgendwo hinzupacken, wo Nummer Zwei drüber stolpern mußte, sobald er heim kam; nur erschien er eben etwas zu früh für die Beiden.«

»Mein Gott!«, wiederholte die Stimme; aber schon kreischte Der, namens Lafe, auf: »Mensch, Achtung!«

Eine Pistole sagte ›Wau!‹; der Knall schlug an die Wand des Kaufladens und rollte dröhnend über die Veranda. Ek kollerte von seinem Stuhl herab, und plumpte auf den Fußboden; versuchte sich zu erheben, und fiel wieder hin. Lafe sprang auf; alle Andern aber saßen in bewegungslosem stillem Staunen, und sahen, wie der Fremde den Pfad hinab stürmte, in Richtung der Geleise und des durchfahrenden Zuges; sahen ihn verwegen eine Wagenleiter packen, und sich, um Haaresbreite dem Tode entgehend, daran in den Wagen hochziehen.

Später, als der Arzt 20 Kilometer weit her gekommen war, Ek's Schulter verbunden, ihn einen Hanswurst genannt, und sich wieder weiter begeben hatte, stellten die Vier ihn zur Rede.

»Na, Ek, hoffentlich nimmsDe Dir die Lehre zu Herzen. Du wirst Dich hüten, und nochma de Wahrheit sagen.«

»Iss denn das aber auch nich das dollste Ding?!: Wenn 'n Mann sich 40 Jahre lang ehrlich durchs Leben gelogen, und nie 1 Kratzer davongetragen hat: und 1 Mal in seinem Dasein nimmt er sich vor, die Wahrheit zu erzähl'n, und wird sofort angeschossen!«

»Aber wieso bisDe bloß auf die Tollmannsidee gekomm'«, wiederholte Will Gibson, »Dein Garn genau vor der Nase des Buben zu spinnen, der die Sache verübt hat? Hast Du'n denn nich wiedererkannt?«

Ek kehrte ihnen das fiebergerötete Gesicht zu. »Ich sag' Euch doch, das Ganze war 'ne Lüge, vom ersten Wort bis zum letzten. Ich bin doch gestern überhaupt nich bei Mitchell's in der Nähe gewesen.«

Sie schüttelten die Köpfe ob seiner Hartnäckigkeit; dann trieb Gibson, der sah, daß sie das Fieber des Patienten nur schlimmer machten, Alle hinaus. Er verließ den Raum als Letzter; in der Tür wandte er sich noch einmal zu einer abschließend-spitzen Bemerkung:

»Ob Du wieder gelogen hast oder aber diesmal die Wahrheit gesagt, weiß ich nich; auf jeden Fall kanns'De mit dem Ergebnis vollauf zufrieden sein. Falls De gelogn hast, hasDe den Schuß dafür verdient, daß Du eine so glaubwürdige Geschichte erzählst, daß se tatsächlich irgendwo passiert iss. Und falls De die Wahrheit gesagt haben solltest, dann has'D'n dafür verdient, daß De nich so viel Vernunft gehabt hast, in Gegenwart des Mannes, der den Mord begangn hat, n Mund zu haltn. Aber wie dem auch sei; wenn *Du* keine Lehre aus dem Fall gezogen hast, *ich* hab's getan. Und die lautet: wenn De nich dran bist, red' überhaupt nich; und wenn De dran bist, dann sag de Wahrheit.«

»Ochmensch, sieh bloß, daß De rauskommst«, knurrte Ek. Und überzeugt, sowohl von dem Wahrheitsbedarf als auch dem Stumpfsinn dieser Welt, kehrte er das Gesicht verbittert zur Wand hin, in dem Bewußtsein, daß seine Glaubwürdigkeit als Lügner für immer dahin war.

16. August 1925

Episode

Jeden Tag, zur Mittagsstunde, kommen sie vorbei. Er im fadenscheinigen Anzug mit grauem Hut, aber niemals ohne Schlips & Kragen; sie im reinlichen Kleid aus bedrucktem Kattun, dazu ein Kapotthütchen – unzählige Male habe ich sie schon gesehen, in Schaukelstühlen, auf hölzernen kleinen Veranden, vor rohen schäbigen Hütten, in den Mississippi-Hügeln, wo ich zuhause bin.

Beide sind mindestens 60. Er außerdem blind, und sein Schritt zögernd und gebrechlich. Ihr Redestrom geht pausenlos, die knorrige Hand gestikuliert dazu – so führt sie ihn täglich zur Kathedrale, dort zu betteln; wenn die Sonne sinkt, kommt sie wieder und holt ihn nach Hause. Auf ihr Gesicht hatte ich noch nicht geachtet, bis Spratling sie, von unserem Balkon herunter, anrief. Sie schaute erst nach beiden Seiten, und dann auch hinter sich, ohne uns ausfindig zu machen. Auf Spratlings zweiten Anruf hin sah sie hoch.

Ihr Gesicht ist braun, und zeitlos, fidel wie das eines Gnomen und zahnlos: Nasenspitze und Kinn haben Bekanntschaft miteinander gemacht.

»Haben Sie's etwa eilig?«, fragte er.

»Warum?« gab sie schlau zurück.

»Ich würde Sie gern skizzieren.«

Sie beobachtete angespannt sein Gesicht, ohne jedoch zu begreifen.

»Ich möchte 'n Bild von Ihnen machen«, erläuterte er.

»Komm' Sie runter«, entgegnete sie unverzüglich, lächelnd. Sie sprach zu dem Mann an ihrer Seite, und er versuchte sogleich gehorsam, sich auf den schmalen Zementsockel des Gartenzauns hinzusetzen. Schwer fiel er zu Boden, und ein

Passant war ihr dabei behilflich, ihn wieder auf die Beine zu stellen. Ich überließ Spratling seiner fieberhaften Suche nach einem Bleistift, und trug einen Stuhl für ihn hinunter, wobei ich die Entdeckung machte, daß sie buchstäblich zitterte – nicht vor Alter, nein, vor geschmeichelter Eitelkeit.

»Assiz, Joe«, kommandierte sie, und er ließ sich nieder, das ganze Gesicht erfüllt von jener abwesenden gottähnlichen Gelassenheit, wie nur die Blinden sie kennen. Spratling erschien mit seinem Skizzenblock. Sie stellte sich neben dem sitzenden Mann auf, und ihre Hand begab sich auf seine Schulter – auf der Stelle wußte man: so waren sie an ihrem Hochzeitstage fotografiert worden.

Und sie war wieder Braut geworden. Vermittelst jener feinen Fabulierfähigkeit, deren höchstens der Tod uns berauben kann, schien sie wieder in Seide gekleidet (beziehungsweise etwas dem Gleichwertiges), trug Schmuck und Kranz & Schleier, und scheinbar auch ein Bukett. Noch einmal war sie Braut & jung & schön, die bebende Hand auf Jung-Joe's Schulter gelegt; Joe neben ihr war wieder etwas, ob dessen ihr Herz schneller schlagen mußte, vor Scheu und Anbetung und Eitelkeit – etwas, vor dem man ein klein bißchen Angst haben mußte.

Ein zufällig Vorbeikommender spürte das, und warf, kurz inne haltend, 1 Blick auf die beiden. Selbst der blinde Joe spürte es, durch das Medium ihrer Hand auf seiner Schulter. Ihr Geträum bekleidete auch ihn noch einmal mit Jugend und stolzem Sinn; auch er nahm jene vorgeschrieben-unmögliche Haltung von Mann mit Braut an, wie sie Anno 1880 fotografiert wurden.

»Neinein«, griff Spratling ein, »in der Art nicht.« Ihr Gesicht wurde sofort enttäuscht. »Drehen Sie sich ihm zu; sehen Sie ihn an«, fügte er schnell hinzu.

Sie gehorchte, schaute aber immer noch auf uns.

»Drehen Sie auch den Kopf rum; sehen Sie ihn an.«

»Aber dann können Sie mein Gesicht doch nicht mehr sehen«, wandte sie ein.

»Doch, das kann ich. Außerdem zeichne ich Ihr Gesicht später nochmal extra.«

Ein versöhntes Lächeln, bei dem ihr Gesicht in eine Million winziger Strichelchen zerfiel, wie die einer Radierung; dann nahm sie die gewünschte Stellung ein.

Und wurde sofort mütterlich. Nicht länger mehr war sie Braut; sie war nun lange genug verheiratet, um zu wissen, daß Joe mit nichten etwas war, das man leidenschaftlich zu lieben oder zu fürchten hatte – im Gegenteil; eher etwas, zu dem man sich ein bißchen herablassen muß; etwas, das, nehmt nur Alles in Allem, ein großes täppisches Kind ist. (Man erkannte inzwischen, daß sie Kinder geboren haben mußte – vielleicht sogar 1 verloren?). Aber er war nun einmal ›Ihrer‹, und ein Anderer würde vermutlich auch nicht nennenswert besser sein; also hieß es, sich so gut wie möglich damit abfinden, und mit der Erinnerung schönerer Tage zu trösten.

Und auch an Joe, dem die Hand auf seiner Schulter die neue Stimmung durchgab, war nichts mehr von ›Er soll Dein Herr sein‹. Auch er übernahm den neuen Traum, das Gedenken anderer Tage, wenn er zu ihr nach Trost gekommen war. Abgefallen war die Anmaßung von ihm; still saß er unter ihrer Berührung; hilflos, dennoch keiner Hilfe bedürfend; blicklos und gelassen, wie ein Gott, der es Beides erfuhr, das Leben und den Tod, und der erkannt hat, daß das Eine so wichtig nicht ist, und das Andere auch nicht.

Spratling zog die letzte Linie.

»Jetz das Gesicht noch«, erinnerte sie ihn auf der Stelle.

Und schon war etwas in ihrem Gesicht, das nicht ihr Gesicht war. Etwas Rätselvolles, Vieldeutiges, das eher ganzen Zeitläuften, der ganzen Gattung anzugehören schien. ›Spielt sie Theater?‹ fragte ich mich, während ich sie beobachtete. Wohl sah sie Spratling an; aber ich zweifle, daß ihre Augen ihn wahrnahmen, noch auch die Mauer hinter ihm. Beschaulich wirkte der Blick, und dennoch nicht unpersönlich – etwa, wie wenn Jemand einen profunden überdimensionalen Witz in das Ohr eines Götzenbildes geraunt hätte.

Spratling zog die letzte Linie; und ihr Gesicht wurde wieder das einer Frau von 60, zahnlos und fidel wie das eines Gnomen. Sie kam herbei, und nahm die Skizze in die Hände, um sie sich anzusehen.

»Hast Du Kleingeld bei Dir?« fragte Spratling mich.

Ich hatte 15 Cents. Sie händigte ihm die Zeichnung ohne Kommentar wieder aus, und nahm dafür die Münzen.

»Danke schön«, sagte sie. Sie berührte ihren Gatten, der sich sofort erhob. »Und besten Dank für den Stuhl«, sie nickte mir zu und lächelte; ich sah ihnen nach, wie sie sich langsam durch die Allee davon bewegten, und mußte immerfort noch grübeln, was ich da eben in ihrem Gesicht gesehen hatte – oder hatte ich mich überhaupt bloß getäuscht? Ich wandte mich zu Spratling: »Laß mich ma sehen.«

Er war selbst dabei, seine Skizze anzustarren. »Teufel auch –« sagte er. Ich warf 1 Blick darauf. Und da wußte ich, was ich in ihrem Gesicht gesehen hatte. Die en-face-Skizze zeigte haargenau das gleiche Mienenspiel wie die Mona Lisa.

Ach, Frauen, die Ihr nur das eine, urewige Alter habt! Und das ist kein ›Alter‹.

20. SEPTEMBER 1925

Landmäuse

Mein Freund, der Alkoholschmuggler, hat ein Auto, so lang wie ein Dampfboot, und von einer Farbe wie Schokoladeneiskrem. Vom Bug bis zum Heck ist es mit Silber besetzt, wie ein mondänes Badezimmer. Seine Polster sind aus kastanienbraunem Leder; und angebracht an ihm, sei es zur Bequemlichkeit, oder für plötzlich eintretende Notfälle, sind sämtliche Vorrichtungen, von denen der ingeniöse Hersteller sich nur erdenken konnte, daß meinen Freund jemals die Lust beziehungsweise das Bedürfnis danach anwandeln könne. Außer einem Sarge. Ich bin der festen Überzeugung, daß dieses Auto sich bei der erst-günstigen Gelegenheit an seinem Besitzer rächen wird, indem es ihn aus purer Bösartigkeit wegputzt.

Nun hat sich da ein Brauch zwischen Uns herausgebildet, präziser wir sind einer Angewohnheit preisgegeben, die er für mich gebildet hat, und die er ›an die frische Luft fahren‹ nennt; d. h. wir verlassen die Stadt auf dem kürzesten Wege, und fahren dann irgendwohin, ins Blaue, mit einer Geschwindigkeit zwischen 65 und 110 Kilometer in der Stunde. Über 110 fährt er nie, weil sein Wagen aus irgendeinem Grunde sich nicht schneller als mit 110 Stundenkilometern bewegen will. Ich lebe in ständiger Unruhe in der Erwartung, daß eines schönen Tages Jemand kommen und ihm beibringen wird, wie man den Wagen zwingen kann, 130 Kilometer pro Stunde zurückzulegen. Und ich kann mir eine unzeitige Auflösung einfach nicht leisten: ich muß mir meinen Lebensunterhalt verdienen. Aber ich bin eben von Natur aus ein unheilbarer Optimist; er seinerseits scheint Gefallen an meiner Gesellschaft zu finden; und dann hoffe ich auch, daß ich früher oder später eine Geschichte aus ihm machen kann; denn wundersam sind die Anekdoten, die er mir so beiläufig von seinem frühen beruflichen Ringen erzählt, bis seine Flasche das richtige Etikett hatte. Womit wir wieder beim Thema wären.

Mein Freund, der Alkoholschmuggler, ist übrigens konsequent paradox. Sein Hemd ist aus Seide, aber lästerlich gestreift und ohne Kragen; vornedran trägt er eine Rubinnadel (echt!), vom Ausmaß einer kleinen Olive; vom Gürtel zum Uhrtäschchen hängt ihm schön geschwungen die Kette, Gold & Platin und dennoch jungfräulich-unnützlich: er glaubt, daß es kein Glück bringe, eine Uhr zu tragen. Überdies richtet er sich, wenn er irgendwohin zu reisen hat, ja doch nach dem Tachometer; er besitzt ein goldenes hochelegantes Zigarettenetui von dreiviertel Pfund Wasserverdrängung; wenn es geöffnet wird, enthält es dann eine Zigarettenmarke, von der man in jedem Laden 50 Stück für 25 Cents bekommen kann. Aber wieder zur Sache.

Wir fuhren also, ich glaube ich erwähnte es bereits, an die frische Luft. Die Straße war schnurgerade, ein weißes, schnell abrollendes Band, und der Staat Louisiana sauste als grüne Ununterscheidbarkeit, stoßweise von etwas Anderem unterbrochen, an uns vorbei. Der Fahrwind machte mir die Ohren flattern, und legte mir die Augenwimpern aufs aufreizendste um, sodaß ich pausenlos blinzeln mußte. Aber dann geschah etwas. Mit Überraschung verzeichnete ich, daß meine Ohren nicht länger so laut im Winde flatterten – man stelle sich mein Erstaunen vor, als ich die Entdeckung machte, daß wir nur mehr 55 Kilometer pro Stunde fuhren – das heißt, praktisch krochen. Wir näherten uns einem Dörfchen: 2 Reihen von Häusern, die sich über die Straße hinweg ansahen.

»Bei der Geschwindigkeit haben sie noch Zeit um in Dekkung zu gehen, wenn sie Dich hören«, schrie ich ihm warnend ins Ohr.

»Scheiß-Deckung«, entgegnete er: »Derjenige, der in Dekkung geht, bin ich.« Er spürte meinen fragenden Blick, und fügte hinzu: »Polizei.«

»Nana, Du kümmerst Dich doch nicht um so'n Klütenpedder von Landgendarmen; wie das?« fragte ich verwundert. Wir hatten das Dörfchen, in unsern Staub gehüllt, hinter uns gelassen, und der Tachometer begann wieder zu klettern.

»Laß Dir ma Eines sagen, mein Lieber –« er erdrückte mit schimmerndem gelbem Schuh wuchtig das Gaspedal – »drück Dich aus wie Du willst über Landgendarmen, von mir aus nenn' sie Klütenpedder, wenn Du willst; aber falls Du ma vorhaben solltest, einem von diesen Herren auf der Nase rumzutanzen, dann steh dazu möglichst früh auf, ja? Ich kenn' se. Es gab ne Zeit, da dacht' ich auch ma über sie, wie Du heute; aber Einer von ihnen hat mich belehrt.« Er warf einen Blick auf den Tachometer, und drückte den Fuß stärker nach unten – der Herr Wagen hatte sich nur zu 105 bequemen wollen.

»Tatsächlich?« kreischte ich. Er starrte finster nach vorn, tief in Gedanken versunken. Sein Wagen war praktisch noch neu; aber mir schwante längst, daß er bereits von einem Auto träumte, das 120 Kilometer in der Stunde zurücklegt, oder gar 130. Es waren demnach nicht 110 pro Stunde, die er ersehnte, es waren 10 pro Stunde, nach denen er schmachtete. Aber also ist die unsterbliche Seele des Menschen nun einmal beschaffen.

Endlich zeigte jedoch die Nadel auf 110, und er seufzte und und setzte sich behaglicher zurecht, um nun ebenfalls sich und die Fahrt zu genießen. »Tcha, mein Lieber. Du kannst sagen was Du... 'innre mich, als... Du würdest ihn als

Klütenpedder bezeichnet haben . . .«, die meisten Worte pflückte ihm der Fahrwind von den Lippen. Ich lehnte mich dichter zu ihm, und hielt krampfhaft meinen Hut fest.

»Ich kann Dich nicht verstehen!«, brüllte ich bescheidentlich. »Falls Du'n bißchen langsamer werden könntest . . .«

Er willfahrte, nach einem seiner schnellen italienischen Funkelblicke »Ich konnte Dich nicht hören«, erläuterte ich, als wir auf Unterhaltungsgeschwindigkeit heruntergegangen waren.

»Ah so; sicher«, stimmte er mir mit gewohnter Höflichkeit zu. »Das spielte sich damals ab, als ich in New York war. Das Geschäft ging glänzend, und wir machten viel Pinkepinke. Ich arbeitete damals mit den ganz Großen zusammen, ja?« Ein Seufzer entkam ihm bei solcher Rückschau. »Das waren noch Zeiten damals; bevor diese Kerls, die Politiker, das Schnapsgeschäft ruiniert haben. Zur Zeit iss's ja nich mehr den Deuwel wert; kein Geld mehr zu machen. Ich muß schuften wie'n Nigger, heutzutage, um nur einigermaßen leben zu können; während in jenen Tagen, damals . . .« Wiederum ein kurzes Brüten ob des Verlustes seines alkoholischen Nirwana.« Aber heutzutage, wenn man den Kasten für 36 abgeben muß . . . Naja«, sagte er filosofisch, »ewig dauert letzten Endes ja wohl nichts, wie? Aber eine Zeit lang war es tatsächlich ein feines Geschäft. Ich kann mich entsinnen –«

»Aber wie war's mit dem Klütenpedder von Landgendarmen?« rief ich ihm mahnend ins Gedächtnis zurück.

»Ah, ja. – Tcha, das war damals, im Herbst 20 oder 21, als das Schnapsgeschäft so gut ging, daß man 150 oder manchmal gar 200 für den Kasten verlangen konnte. Ich und mein Bruder, wir waren also damals in den Oststaaten. Und da kreuzt eines Tages einer von diesen Buben, die ich kannte, bei mir auf, und schlägt vor, daß wir ne Ladung ›Schwarzen‹

nach New Haven schaffen, wo demnächst ein großes Fußballspiel stattfinden sollte, und wir ein'n Mordsschnitt machen könnten. Dies New Haven iss'n Städtchen, wenn man von New York aus die Straße rauffährt, und wo eins von diesen großen Colleges ist, ich hab' den Namen vergessen –«

»Yale«, schlug ich vor.

»Durchaus möglich. Jedenfalls der betreffende Bube, den ich erwähnte, war schon ma dagewesen, und genau im Bilde, wie der Hase dort lief. Mein Bruder fuhr also rauf nach Montreal, um die Ware zu beschaffen und bereitzustellen; und ich begeb' mich unterdessen, zusammen mit jenem Andern, nach New Haven. Du bist in so'ner College-Stadt gewesen, ja?«

Ich gestand das ein; und er fuhr fort.

»Das war'n putziges Städtchen; scheinbar ganz still, aber, was meinen Beruf anbelangt, enorm zu tun. Wir stießen auch auf keinerlei Schwierigkeiten, und organisierten Alles aufs Netteste, wie man sich's nur wünschen kann. Wir warteten nur noch auf Nachricht von mei'm Bruder, ja? Alles war für ihn vorbereitet, sämtliche Polizisten entlängst den Zufahrtsstraßen geschmiert; das Einzige, was ihm noch oblag, war, die Lastwagenkolonne ran zu führen, als wenn er mit'm Kindergarten n Sonntagsausflug machte. Es gab eigentlich nur Eines, um das wir uns ernstlich Sorge machen mußten – die Highjackers, die Räuberbanden, die über die Alkoholschmuggler damals gern herfielen. Also besorgten wir ihm auch noch 'ne Leibwache; den nettesten Verein von Kehlabschneidern, den Du Dir vorstellen kannst. Auf meinen Bruder konnte ich mich verlassen, das war mir bekannt: ehrlich und klug, vom frühen Morgen bis zum späten Abend. Am Tag, wo sie oben abfuhren, gab er mir noch telegrafisch nach New Haven Bescheid; also hatten wir das Unsrige getan.

»Naja, wir sehen uns indessen etwas in New Haven um, machen'n paar nette Bekanntschaften, und verbringen wirklich 'ne angenehme Woche da oben, in dem Bewußtsein, daß alles o.k. ist, ansonsten hätte Gus – mein Bruder also – uns ja'n Telegramm geschickt. Als es eines schönen Abends plötzlich heißt: 'n Ferngespräch für mich.

»Jawohl, Gus war am Apparat. Aus irgend einem gottverlassenen Nest; ich hab den Namen vergessen. Sie hatten'n klein' Zusammenstoß mit'n paar Highjackern gehabt; waren von der vorgesehenen Route abgedrängt worden, auf eine andere Straße, und – Peng: 1 Klütenpedder von Landgendarm, der nicht geschmiert worden war, hält sie an. Ist vernünftigen Gründen nicht zugänglich; will nichts von Nachdenken hören, nichts von Überlegen. Farbenblind war er zusätzlich auch noch. Also stellt Gus erstmal seine Kaution, steckt das übrige Geld wieder ein, und macht sich auf zum nächsten Telefon. Jee, ich war vielleicht verrückt! Wenn uns damals Jemand abgehört hätte, wär' ich garantiert reif gewesen. Jedenfalls wir – ich und der andere Bube da – schnappen uns 'ne Taxe, und setzen uns dann in den nächsten Zug.

»Also Meinliebermann, wir haben schlechthin Alles bei dem betreffenden Friedensrichter versucht. Ihm Geld gezeigt, aber wirklich'n Sümmchen; ihm gesagt, wo das wäre, wär' auch noch mehr; wie ein Bruder hab ich dem alten grauhaarigen --- zugeredet. Nichts; es bewegte ihn überhaupt nicht, ebensowenig wie die Felsblöcke, die da in New England rumliegen; ich sag Dir, ich hätte eher vor Tammany Hall Stimmen für die Republikanische Partei kaufen können, die Chance wär' größer gewesen. Mir fiel nichts mehr ein, was ich noch hätte versuchen können. Aber dieser andere Bube da, wollte noch nicht aufgeben. Behauptete, das könnte ihm niemand weismachen, daß es keinen Weg geben sollte, die

Sache hier zu regeln; unser Vaterland müßte ja in einen dollen Zustand geraten sein, wenn man'n Menschen einfach auf so'ne Art annageln könnte. Schön; ich sagte ihm, er dürfte sich reinknieen; und ich würde ihm 10 Dollar pro Kasten geben, für die ganze Ladung, so viel wir davon weiter kriegten. Dann ging ich zurück ins Hotel, und setzte mich hin, damit ich bequem stöhnen konnte.

»Ich werd' da schätzungsweise so ne Stunde gesessen haben, als mein Partner auf einmal aufkreuzt. ›Stell Dich wieder auf die Hinterbeine‹, sagt er und klopft mich ermunternd auf die Schulter. ›'ss Alles geregelt. Allerdings wird's 25 pro Kasten kosten, daß wir's wieder frei kriegen; und beeilen müssen wir uns auch noch.‹

»›Mensch, kneif Dich ma‹, sag ich; ›Du träumst woll.‹«

»›Nee, Du träumst‹, sagt er. ›Sei Du lieber froh, daß ich mich umgetan und etliches unternommen habe, anstatt mich hierher zu setzen und mir die Weste naß zu weinen.‹

»›Wunderbar‹, sag ich; ›wenn De also was Tröstliches weißt, dann halt nich lange hinter'm Berge damit.‹ Ich dachte immer noch, er wollte mich foppen, ja?

»Aber nein. Er hatte sich an den Posten ran geschlängelt, der beauftragt war, die Scheune zu bewachen, wo unsere LKWs standen; und mit ihm für 25 pro Kasten abgeschlossen. Das war zwar ganz hübsch saftig; aber es traf sich gerade, daß wir selbst die Preise um'n paar Dollar raufgesetzt hatten – wenn die Leute richtig feiern, fragen sie ja nich groß danach, was sie für den Kasten geben. Nur, ich wollte jetzt auch ganz sicher sein, daß wir nich nochmal angehalten würden. Aber der betreffende Wachposten hatte sogar auch das geregelt: er wußte ein'n Bekannten in Boston, der n' Flugzeug besaß, ja?; und hatte gesagt, er wüßte bestimmt, daß wir's kriegen würden, obwohl es allerdings sein könnte, daß wir's kaufen müßten. Also sagte ich ihm, er solle sich sofort in Bewegung setzen, und seinen Kumpel bis zum Einbruch der Nacht ran besorgen; denn wir hätten nur noch den morgigen Tag zur Verfügung, bevor das Fußballspiel glücklich abgewickelt sein würde. Abgemacht, sagte er; er würde'n ran besorgen, wie vereinbart.

»Und, tatsächlich, am selben Abend führt der Betreffende uns diesen seinen Flugzeugfritzen vor. Und sehen sich die Kerls nicht so ähnlich, wie ein Ei dem andern?: also haarge-nau! Meinliebermann; ich kuck meinen Partner an, und denke, um Himmels willen; und der kuckt mich an, und denkt dasselbe. Und der Betreffende sagt, ›Ja; 'ss mein Zwillingsbruder‹, grade als wenn's ihm eben erst eingefallen wär‹. Aber wie wir nun zum geschäftlichen Teil kommen, erweist sich dieser Flugzeugfritze als genau so stur, wie zuvor der Friedensrichter gewesen war. Da hätte mir's ja nu eigentlich auffallen müssen; aber das Glück war scheinbar absolut gegen uns: wir benahmen uns schlimmer wie 2 Kinder. Was meinst Du, was er für sein Flugzeug verlangte? Nicht, daß er's uns mietweise überlassen wollte: das zog er überhaupt nicht in Erwägung. Wir mußten es entweder schlechtweg kaufen; oder – Gott befohlen. Und was denksDe, was er verlangte? Ein : Tausend : Dollar.«

Er sprach die Zahl sorgfältig aus, mit bösartiger Salbung. Was er anschließend hinzufügte, darf durch den Druck nicht wiedergegeben werden; auch versetzte er dem Gaspedal einen schweren Tritt. Mein Rückgrat bog sich ob solcher Beschleunigung.

»Und was dann?« schrie ich. Er verlangsamte das Tempo.

»Was blieb uns weiter übrig? Es gab keinen anderen Weg sonst, das Zeug noch rechtzeitig hinzubefördern; auch las ich schon deutlich im Blick des Wachpostens, daß, wenn wir seinen Bruder ablehnten, die ganze Sache restlos auffliegen würde. Sie hatten uns so richtig in der Zange, ja? Das einzige, worauf wir jetzt noch hoffen konnten, war, daß wir das Geld rauskriegen würden, was wir jetzt reingesteckt hatten. Also baten ich und mein Partner, uns 1 Moment zu entschuldigen, während wir ins Nebenzimmer gingen, um's nochmal durchzusprechen.

»›Also das iss Deine Kunst, wie Du mit Landgendarmen, diesen ›Klütenpeddern‹, umzugehen weißt, eh?‹, sag ich zu ihm.

»›Immer noch besser, als die Art, wie Du mit ihnen umgehst‹, hält er mir entgegen.

»›Zugegeben‹, sag ich; ›zumal wenn sich Deine Kalkulationen darauf gründen, was die Affäre uns so kosten dürfte.‹

»›Das'ss ja alles Hin- und Hergerede, und bringt uns nich weiter‹, sagt er. ›Uns liegt im Augenblick einzig ob, auf die beste Manier hier raus zu kommen. Und die besteht darin –‹, ich wußte ja sofort, worauf er hinaus wollte – ›darin: den Wachposten, mitsamt seinen 25 pro Kasten, zu highjacken, in dem Augenblick wo wir mit dem Zeug außer Sicht sind.‹

»Also losen wir mit Streichhölzern, um auszumachen, wer von uns die Ladung begleiten, beziehungsweise wer hier bleiben soll, um die Sache mit dem Posten zu regeln. Und ich verliere. – Was? Zum Teufel, nein! Lieber hätt' ich ins Weiße Haus gehen, und den Präsidenten an seiner eigenen Mittagstafel überfallen mögen, als mich in die Luftkutsche da setzen. Aber ich hatte verloren.

»Na gut; wir trafen uns also bei der Scheune, wo unsre LKWs standen. Gus hatten wir nach New Haven vorausgeschickt, um dort alles vorzubereiten; 'n paar Leute hatte der Posten beschafft. Wir schufteten wie die Kulis, und stopften das Flugzeug voll, so gut wir konnten. Endlich hatte's so viel drin wie es nach Schätzung des Kerls tragen konnte; und gerade, wie's so wieder grau zu werden begann, waren wir fertig. Ich zögerte erst noch bis auf'n letzten Fiff, damit der Posten keine Zeit mehr hätte, den Zaster irgendwo zu verstecken; dann bezahlte ich ihm, was wir vereinbart hatten; er und sein Bruder werfen den Flugzeugmotor an; und ich nehm Joe beiseite, und versuch noch mal, ob er nich mit mir tauschen will. Wenn ich mir dies verdammte Flugzeug so ansah, und mir vorstellte, wie ich jetzt gleich drin Himmelfahrt machen sollte – also ich war so weit, alles hinzuhauen, und ihn' den Sprit zu lassen. Ich hab nu mal 'n schwachen Magen, das iss nich anders, besonders vorm Frühstück.

»›Ach, nimm Dich zusamm‹, sagt Joe. ›Du willst die Kerls doch nich etwa merken lassen, daß Du Schiß hast?‹

»›Sollen Sie's merken. Ich geb's zu, ich hab Schiß.‹

»›Ach, reiß Dich zusamm; los, reiß Dich zusamm‹. Ich hätte keinerlei Angst, mit ihm mitzufahren, wenn ich nich grade noch die andre Sache hier in Ordnung bringen müßte.‹

»›Deuwelnocheins‹, sag ich, ›darum will ich mich gern kümmern. Wird mir'n Vergnügen sein. Flieg Du mit.‹

»Aber nein; er war nich dazu zu bewegen. ›s bringt Pech wenn man abgemachte Sachen mutwillig ändert‹, gab er als Begründung an.

»›Ich hab mir Deine Theorien über Pech früher schon mehrfach anhören müssen‹, sag ich, ›aber die hier iss mir doch wieder neu.‹

»Aber inzwischen riefen sie schon nach uns. Mir war zumute, wie'm klein' Jungn, der etwas tun will, von dem er doch genau weiß, daß er nich drum rum kommt; da geht er wenigstens langsam, und unternimmt Alles, was ihm bloß einfällt, um es noch etwas rauszuschieben. Aber ich mußte ran; und der Posten stand auch noch daneben und sagte, ›Na, Sie werden voraussichtlich 'n prächtijen Flug haben.‹; und ich denk bei mir, ›Jaja, 'n prächtijen Flug, klar,‹; und der Andere sieht schon wie'n Riesen-Käfer aus. Drückt mir in die Hand – wie nennt sich das gleich, – n Helm? Also'n Helm, und ne Schutzbrille; und dann legen sie mir die Dinger an, und mir bleibt nichtsweiter übrig, als rein zu klettern. Ohjee; damals war mein einziger Wunsch, ich hätte niemals den Namen New Haven gehört, und daß ich Barbier von Beruf wäre, oder so was. Also fang ich an, dran hoch zu klettern, nicht wahr, und Joe schiebt hinten nach, und ich krieg schon so'n komisches Gefühl in der Magengegend, und ich halt inne und kuck auf Joe zurück und sag: ›Laß ja die Hände von mir, Du. Was hast Du vor? WillsDe mich mit umbringn helfn?‹ Aber Joe war'n guter Junge sonst; also halt ich ihm, als ich drin bin, doch nochma die Hand hin, und denke dran, wie Joe, alles in allem genommen, 'n feiner Junge ist & bleibt, selbst falls ich nich mehr heil wiederkommen sollte.

»Dann klettert der Kerl zu mir hoch, und fängt an, mich mit ei'm Mords-Gurt festzuschnallen; worauf ich ihn informiere: das wär vollständig überflüssig; ich würde nicht nur keinen Versuch machen, rauszuspringen; sondern er hätte sogar nicht die Kragenweite, mich rauszuwerfen. Oh, sagt er, das wüßte er wohl; der Gürtel wär' ja auch nur für den Fall, daß ich rausfiele.

»›Raus fiele?‹ frag' ich.

»›Sicher‹, sagt er, ›das Ding kann Sie abbocken wie'n Pferd.‹

»Die Menschen treiben wunderliche Dinge, gelt ja? Na, ich saß jedenfalls da drin, und dachte, ich säh' das letzte Mal festen Grund & Boden. Dabei hatt' ich vom Zufußgehen früher nie sonderlich viel gehalten. Dann verfügt er sich auf ein' anderen Sitz, und gibt aus Leibeskräften Gas. Ich drück die Augen fest zu, und klammre mich irgendwo an, und schwör mir heimlich, so sitzen zu bleiben, bis wir in New Haven sind. Wir sind noch nich weit gekomm', als der Motor langsamer läuft; ich mach schnell nochmal die Augen auf – und genau vor uns ist ein Haus mit ei'm Zaun, ich hatte nich ma mehr Zeit, die Augen wieder zu schließen!

»Aber da, gerade wie ich denke: jetz ramm'm wir das Ding!, machen wir ne Wendung; und als ich wieder fähig bin, Luft zu holen, fahren wir den Weg, den wir eben gekommen sind, zurück. Dann tritt er wieder drauf; und ich sofort die Augen zu, und festgehalten. Und nach'ner Weile, wie ich das Gefühl hab, daß wir an'ner leidlich glatten Stelle angelangt sind, riskier ich wieder 1 Auge, und seh mich doch genau einer Baumkrone gegenüber; und wenn ich lange genug hingeschaut hätte, hätte ich geradewegs runter auf'n paar Hausdächer kucken könn. Und dann – aber ich hab' eben'n schwachen Magen, ich kann's nich ändern.

»Naja, nach ner Weile also seh ich ein, daß nich weiter viel zu machen ist, als zu bleiben, wo ich bin, und mich, so gut ich kann, mit meiner Lage abzufinden. Und so lange er sitzen blieb, beabsichtigte ich wahrlich auch drin zu bleiben. Mich umzudrehen und nachzusehen, wo er wäre, wagte ich nicht; vom Rauskucken wurde mir schwindlig; und da saß ich da, wie Karl der Nackte. Aber Eines hab' ich damals gelernt: nie mehr das Glück erzwingen zu wollen. Jawohl, mein Lieber; seit jenem Tage geh' ich mit dem Glück so gemächlich & behutsam um, wie ich nur kann.

»Wenn man mich fragen würde, wie die Welt denn so von oben aussieht, ich wüßt' es nich zu sagen. Ich hab keine Ahnung. Einmal hab ich so über die Seite gelinst, und das gesamte Weltmeer zu sehen gekriegt, ehe ich die Augen wieder zu machen konnte. Der feste Boden ist gut genug für mich.

»Nach'ner Weile jedenfalls hab ich das Gefühl, wie wenn mein Inneres nach und nach komplett aus mir raus fällt; also kneif ich die Augen noch mehr zu, und halt mich fester. Und dann gibt's 'n Bumms, wir sind wieder auf der Erde, und nach ner Weile kommen wir auch zum Stehen. Also mein Lieber, ich hab noch zehn geschlagene Minuten lang in der Höllenmaschine drin gesessen, eh' ich mich wieder bewegen konnte; und als ich dann rauskletterte, war mir, als hätt' ich ne lange schwere Krankheit hinter mir, oder so was Ähnliches. Wir befanden uns auf einem weiten Feld, am Stadtrand, und der Flugzeugfritze spazierte rum und rauchte ne Zigarette dazu. Ich zündete mir auch eine an, und mir wurde'n bißchen wohler. Ich hätt' mir 'ne Handvoll Dreck aufklauben und fressen können, vor Erleichterung.

»Der Kerl hatte die Maschine über das Feld weg laufen lassen, bis dicht an eine hohe Klippe, so daß man sie nicht sehen konnte, nur eben von diesem Feld aus noch; und es dauerte auch gar nicht lange, da kam Gus an, mit'n paar LKWs. Er hatte an der ihm von dem Wachposten bezeichneten Stelle auf uns gelauert, ja?; und war uns unten gefolgt. Wir also ran ans Werk und umgeladen. Einmal kamen 3 oder 4 Kerle an, die sehen wollten, was los wär'; und Einer von ihnen erkundigt sich: ›Was habenSie d'nn da, Mister?‹. Und Gus erwidert prompt: ›Luftpost, mein Junge‹, und macht rüstig weiter.

»Es ging flott, wir waren rasch fertig damit, und Gus läßt die Ladung unter Aufsicht seiner Jungen abdampfen. Ich holte zum ersten Mal seit längerer Zeit wieder so richtig tief Luft. Der Flugzeugfritze hatte immer rumgestanden und uns zugekuckt; jetzt sagt er:

»›Was woll'n Se'nn jetz mit Ihr'm Omnibus anfang'n?‹

»›Omnibus?‹ frag ich. Er zeigt mit der Hand auf das Flugzeug. ›Den Deuwel auch‹, sag ich, ›ich hab nichts mit Flugzeugen zu schaffen. Wenn's nach mir geht, will ich in mei'm Leben keins mehr sehen!‹

»›Was würdn Se'nn dafür hab'm woll'n?‹ fragt er. ›Vielleicht kauf ich's Ihn'n wieder ab.‹

»›Geb'm Se'n Hunderter‹, sag ich, ›und nehm'se das Ding hin.‹

»Er willigte ein. Ich war froh, daß ich überhaupt so viel rauskriegte, ja? Mein einziges Bestreben war nur noch, die Sache ohne Verlust abzuwickeln; und meiner Schätzung nach müßten wir das ungefähr schaffen, selbst falls wir den restlichen zurückgelassenen Sprit nie mehr loseisen konnten. Aber ich bildete mir ein, selbst das ließe sich in ein paar Tagen noch deixeln. Ich war wie Du: ich nannte sie damals selber noch Klütenpedder.

»Also schön; Gus und ich, wir halten ihm das Ding auch noch, während er den Motor anlaufen läßt; und dann schauen wir ihm nach, wie er damit losgondelt. Einmal dreht er sich um und winkt uns mit dem Arm, und ich winke zurück. ›Mit Gott‹; denk ich, ›und hoffentlich sehn wir uns im Leben nie mehr wieder‹ Wörtlich das dachte ich damals.

»Ganz unversehens zieht da Gus'n Telegramm aus der Tasche. ›Für Dich‹, sagt er, ›beinah hätt ich's vergessen.‹

»Es kam von Joe, und lautete: ›Gilman festhalten, egal wie. Eintreffe mit nächstem Zug.‹

»›Gilman?‹ frage ich: ›Wer iss Gilman?‹

»›Oh, das war der Name von dem Friedensrichter da oben, der uns festgenagelt hat‹, erklärt mir Gus.

»›Ja, zum Teufel‹, sag ich, ›wie soll denn ich hier, diesen Gilman dann festhalten? Joe muß nich alle Tassen im Schrank haben. – Gilman festhalten?‹

»Auch Gus konnte nicht schlauer daraus werden als ich;

also setzten wir uns in seinen Wagen, und fuhren zur Stadt. Im Hotelzimmer wartete schon einer von den Jungen auf uns, mit ein paar Flaschen; alles war o.k.; sämtlicher Sprit sicher verstaut. Wir warteten nur noch auf Joe, daß der zurück käme. Und wir machten uns ne Flasche auf.«

Wir befanden uns schon eine Weile in einer Stadt; mein Freund erzählte und steuerte unterdessen geschickt.

»Ausgezeichnet«, versuchte ich zu soufflieren.

Er lachte rauh auf. »Ausgezeichnet ist gut«, sagte er. »WeißDe, was in den Flaschen war?« ich blieb stille, und er antwortete sich selbst »Wasser. Reines unverfälschtes Wasser; das Zeug, was runter kommt, wenn's regnet, verstehsDe?« Für das Folgende mußte ihm wieder das Imprimatur versagt werden. Schließlich beruhigte er sich so weit, daß er in seinem Bericht fortfahren konnte. »Und in jeder von diesen verdammten Flaschen war dasselbe. Ich knöpfte mir Gus auf der Stelle vor; aber er schwor mit einem Eid, daß beim Einkauf alles gestimmt hätte; und bevor sie angehalten worden waren, hätte auch kein Mensch dran rum spielen können – sie hätten während der Fahrt selbst 1 oder 2 aufgemacht.

»Und dann, wie's schummrig wird, kommt endlich Joe reingeplatzt. Er & ich, wir sagen beide zu gleicher Zeit: ›Und? Wie iss es?‹

»›Hast Du das Ding gedreht?‹ frag ich.

»›Wo'ss Gilman?‹ sagt er schnell, ohne auf meine Frage einzugehen.

»›Was hat Der damit zu tun?‹ frag ich.

»›Alles‹, sagt Joe, und sieht dabei aus, als wenn ihn gleich der Schlag treffen wird.

»›HasDu die Moneten nich erwischt?‹ frag ich, und merk', wie mir eiskalt im Bauch wird.

»›Wie konnt' ich denn? Der Dich hierher geflogen hat, hat

se doch die ganze Zeit bei sich gehabt. Der Andere hat mich bloß ausgelacht, wie ich mir ihn schnappte. ›Klütenpedder‹ hat er mich genannt.‹

»›Du willst damit sagen, daß Du das Geld nicht hast?‹, frag ich noch einmal, im Bemühen zu begreifen.

»›Genau das will ich damit sagen. Aber wenn Du mir ma zeigst, wo Du den Gilman hast, dann hab ich's im Handumdrehen.‹

»›Wer, zum Teufel, ist denn Gilman?‹ frag ich: ›Du quatscht andauernd von einem Gilman –‹

»›HasDu mein Telegramm denn nich erhalten?‹ unterbricht mich Joe.

»›Das schon‹, erklär ich ihm; ›aber der einzige Gilman, den Gus und ich kannten, war doch dieser alte Friedensrichter; der, so weit ich im Bilde bin, zur Zeit daheim sitzen und zu Abend speisen dürfte.‹

»›Du hast nich gewußt, wer Gilman iss?!‹ Joe kreischte mich beinahe an. Die Augen traten ihm raus, und sein Gesicht sah aus, als wenn's ihm von den Schultern huppen wollte: ›Gilman ist der Kerl, der Dich hierher geflogen hat –‹« Mein Freund, der Alkoholschmuggler, nahm auf's Verbotenste die Kurve. Der Fußgänger konnte sich jedoch retten: »›Er & der Posten sind doch die Zwillingssöhne des Richters!‹«.

27. September 1925

Yo Ho und zwei Buddeln voll Rum

Süß sah sie aus, wenn sie sich so wie eine mächtige trächtige Sau in der langen Dünung des Pazifik wälzte. Wälzen war ihr zur zweiten Natur geworden: selbst bei glattester See legte sie sich von einer Seite auf die andere, und stöhnte und grunzte, wie ein Elefant, der an chronischen Bauchschmerzen leidet, wie eine ungeheure Promenadenmischung von Hund, der sich die Flöhe abzuscheuern versucht; man munkelte von ihr, daß sie selbst dann noch sich wälzte, wenn sie gefesselt im Dock läge. Bei schwerem Wetter aber, und einem Wellengang, der ihr jede Entschuldigung gegeben hätte, sich nach Herzenslust zu wälzen, dann fing sie an, aufs Befremdlichste und Beachtlichste ruhig zu liegen.

Ihre Höchstgeschwindigkeit betrug 10 Knoten – 4 von Seite zu Seite, und 6 nach vorn. Vielleicht genügte das ja auch; vielleicht wäre bei einer höheren Geschwindigkeit als der angegebenen ihre Mannschaft über Bord geblasen worden. Einem flüchtigen Beobachter jedenfalls hätte sich dieser Gedanke aufgedrängt, wenn er sie oben von der Brücke aus hätte so still auf Deck hocken sehen, mager und fleischlos, klein wie Kinder und ebenso nackt; gelbe Wische von Menschen, bescheidentlich mit Hemden angetan, schweigend und unergründlich, wie Mumien oder Götzenbilder.

Bemannt mit Chinesen, beoffiziert mit dem Abschaum der Hefe der Vereinigten Königreiche – einem Abschaum, den selbst der vorurteilslose Magen der Dominions in Übersee von Zeit zu Zeit nicht mehr erträgt, und über die Oberfläche des Erdballs auskotzt – fuhr sie eisern ihre 6 Knoten; wälzte und rülpste sich ihren stinkenden Weg durch die östlichen Gewässer, von Kanton bis zu den Straits, überall, wohin menschlicher Scharfsinn Frachten zu versenden aushecken kann. Man konnte sie überall sehen; festgemacht an einen Kai in Singapur, wo sie sich natürlich schwer wälzte; an einem Ankerplatz, den höchstens die besten Seekarten der Admiralität verzeichnen, wo sie einen Taifun abwartete; nächstes Jahr war sie in Bangkok oder Holländisch Indien. Merkwürdigerweise wechselte ihr Personal nicht nennenswert. Es war, wie wenn jegliche lebende Seele an Bord einem hoffnungslosen Alptraum unterläge, aus dem es kein Entkommen gab. Und zwar einem Dreckigen Traum; denn mit Ausnahme des Brückendecks und der Offiziersunterkünfte klebte sie vor Schmutz, vom Bug bis zum Heck. So segelte sie unter der Flagge Großbritanniens dahin; ein besudeltes aber gutmütiges Wesen, das vor langen Jahren, als sie noch jung und undesillusioniert gewesen war, ein mit dem Zweiten Gesicht begabter Humorist in Newcastle auf den Namen DIANA getauft hatte.

Nationalstolz ist eine der kuriosesten Erscheinungen, bezüglich der verschiedenen Formen, die er annehmen kann. Der Amerikaner oder Romane, der »auf die schiefe Bahn gerät«, macht sich unsichtbar, geht nach Kräften auf in dem Volk und den Lebensbedingungen unter die das Schicksal ihn warf, und wird (vielleicht nicht ohne Sentimentalität) indifferent, was sein Vaterland anbelangt. Der Brite aber ist immer Brite, und wird desto großspuriger britisch, je tiefer er sinkt. So war es auch mit den Offizieren der DIANA, speziell mit Mister Freddie Ayers, dem ersten Offizier. Vielleicht besaßen die andern Offiziere weniger, ob dessen sie hätten britisch sein können. Der Kapitän zum Beispiel war aus Wales, sein Vollbart wie eine rote Explosion, und was die Zunge anbelangt, die er sprach, ließ sich mit Gewißheit nur eines sagen: Englisch war es nicht. Nein; Englisch war es handgreiflich nicht.

Der Chefingenieur wiederum war Schotte. Sein Gesicht sah vergräzt aus wie eine Wallnuß, und er sprach überhaupt keine Zunge. Der Rest der Offiziere – mit Ausnahme des dritten, der irgendwie Eurasisch war und infolgedessen ein Hundeleben führte: weder das Eine noch das Andere ganz, floßen doch 1 oder 2 Tropfen geheiligten Britischen Blutes in seinen Adern, genug, um ihm alle Pflichten des Weißen Mannes aufzubürden, während seine niedere Beimischung ihm gleichzeitig andererseits von den Belustigungen des Weißen Mannes ausschloß – der Rest der Offiziere also schien als reife Ganoven dem Schoße der Zeiten entflattert: sie waren Briten, und sonst gar nichts. Die Agenten des Reeders schienen den Kapitän allerdings irgendwie zu verstehen; und da es nicht nötig war, daß Jemand auch noch den Chefingenieur verstehe, kamen sie überall leidlich durch. Das heißt, vorausgesetzt daß der Whisky immer reichte.

Mister Freddie Ayers übernahm das Sprechen für sie Alle. Ob wachend, ob schlafend, er redete beständig; übrigens schlief er mit offenen Augen – als Vorsichtsmaßnahme vielleicht. Dieser Anblick von Mister Ayers: auf dem Rücken liegend, die porzellanblauen Augen gebrochen schimmernd, genau wie ein Kadaver, war der Grund, daß jener dritte Offizier ihn wie den leibhaftigen Tod fürchtete. Aber wachend, und noch im Anfangsstadium seiner täglichen Besäufnis, war Mister Ayers der Inbegriff von Aufgeräumtheit und Witzigkeit; dann saß er im Salon, den Becher in der Hand, im Mund die kurze gerade Pfeife, so lärmend & so handgreiflich britisch, mit seinen Mackrelenaugen und dem mottenzerfressenen Gardeschnauzbart. Er war es auch, der, ehe er ihn durch einen unvermeidlichen Zufall umbrachte, dem zischend dahinflitzenden Aufwärter den Spitznamen ›Yo Ho‹ verpaßte.

»'ss doch'n putziger Name, was«, erklärte er mit seiner

unerträglichen Londoner Aussprache dem Chefingenieur, und würdigte sich selbst mit beifällig erzenem Eselsgebrälle: »Genau wie bei der Marine, eh?«

Der Chef klappte sein zahnloses Nußknackergesicht zum ersten Offizier hin auf; erwiderte ansonsten aber, wie übrigens auf alle Anreden, dadurch, daß er 1 Gill verdünnten Whiskys sich hinter die Weste goß. Und der Aufwärter wurde also zu einem ›Yo Ho‹, der den ihm aufgehefteten Namen ohne Überraschung akzeptierte; der auf leis zischenden Strohpantoffeln erschien, wenn sie nach ihm grölten; der ihre Flüche entgegennahm, und sie dafür bediente, immer-tüchtig und mit der unnahbaren Toleranz des Asiaten für alle Grillen des Weißen Mannes. –

Die DIANA, eine Ladung amerikanischer Nähmaschinen an Bord, war nun eben, auf dem Wege nach Bangkok, aus Kanton ausgelaufen, als Mister Ayers, der erste Offizier, durch einen unvermeidlichen Zufall, den Aufwärter Yo Ho umbrachte.

Der Kapitän starrte Mister Ayers über seinen glühenden Bartausbruch hinweg mürrisch an. »Aus welchem Grund ha'm Se'n tot geschlagen?« fragte er.

Mister Ayers leerte sein Glas, und versuchte sich zum n-ten Male zu rechtfertigen: »Ich sag' Ihn' doch, s war'n reiner Zufall. Ich hab ihn für den Bootsmann gehalten. War blöd von mir, zugegeben; aber, verdammt, s'iss nu ma passiert. Ich kann den Dreckfinken doch nich wieder von'n Toten auferwecken, oder?« Mister Ayers füllte wiederum sein Glas; dann, schon ungehaltener: »Genug von der Sorte da; 1 Chinese'ss wie der andere.«

Hier kam der Chefingenieur dem ersten Offizier zu Hilfe, indem er zum allgemeinen Erstaunen sprach. »Geht'ch ohne«, mümmelte er. Und dann, ganz deutlich, noch: »Nnnichtsnutz.« Mister Ayers und der Kapitän sahen ihn verblüfft an; worauf Jener sich bescheiden wieder in sein Glas zurückzog, 1 Mundvoll genehmigte, und ihn dann, stillvergnügt, durchkaute.

»Aber aus welchem Grund ha'm Se'n tot geschlagen?« wiederholte der Kapitän.

»Nu, verdammt nochmal, Sir«, entgegnete Mister Ayers mit gerechter Entrüstung, »bin ich nicht ein Weißer Mann? Darf ich etwa kein' Farbigen mehr totschlagen, wenn ich Lust dazu hab'? Ich bin ja wohl nicht der Erste, der das jemals getan hat; ebensowenig, wie ich der Erste bin, dem jemals'n Fehler unterlauf'n iss. Ich hab den Kerl doch nich vorsätzlich umlegen wollen; es war doch der Bootsmann, hinter dem ich her war. Wieso mußte da der Andere derart unversehens vor mir auftauchen, ehe ich noch Zeit hatte, ihn richtig zu erkennen? 'ss doch wohl seine eigene verdammte Schuld.«

Der Bootsmann, daran gewöhnt, von Mister Ayers hin und her geknufft zu werden, hatte seine Widerstandskraft allmählich so entwickelt, daß ein Schlag mit einem Stück Holz, wie derjenige, dem der unselige Yo-Ho erlegen war, ihn überhaupt nicht mehr behelligte; er nahm ihn hin, wie man Arbeit hin nimmt, oder einen Taifun, oder sonstige unerklärliche Fata. Yo-Ho's junger und relativ unerprobter Schädel war jedoch noch dünn gewesen; und als Mister Ayers, der ohnedies an einer leichten Magenverstimmung laborierte, nach dem Dinner erfuhr, daß die Gruppe Leute, die achtern die Ladung umstaute, sich nach vorn zum Essen begeben und die Luken einfach offen gelassen hätte, sah er rot. Auf sein Gebell hin erschien unverzüglich der alarmierte Yo-Ho, und jagte zum Vorderschiff nach dem Bootsmann.

Je mehr Mister Ayers seiner Magenverstimmung gedachte, und der ungeschlossenen Luken, desto wilder wurde er; bis er endlich nach seinem kurzen schweren Knüttel griff, den er in seiner humorvollen Art »des Bootsmanns Angetraute« nannte, und, hinter Yo-Hos entschwindender Gestalt her, wütend nach vorn stapfte.

Ihm zu Häupten schwankten die Sterne der Tropennacht, langsam sichelte der Mast der DIANA hindurch; auf Deck war es finster. Und das war Mister Ayers' Entschuldigungsgrund; das war Schuld, daß er den Ersten umlegte, der in der Tür der Back erschien. Nur, daß dies eben leider Yo-Ho war, der zurück zum Salon flitzen wollte, wo man, er wußte es, inzwischen längst wieder nach ihm verlangt haben würde. »Und hier setzt meine Geschichte ein«, wie ein Romanschreiber sich ausdrücken würde.

»Also, Sie sehen selbst, ich konnte nichts dafür«, wiederholte Mister Ayers neuerlich. »Ich war ja gar nicht hinter ihm her. Der Hanswurscht hätte mir aus'm Wege gehen, oder sich zu erkennen geben sollen. Sie können mich ja schließlich nich tadeln, wenn ich mir Mühe geb', die Disziplin an Bord aufrecht zu erhalten; oder?«

Der Kapitän grunzte lediglich. Er strählte seinen Bart eine Weile. »Beerdi'j'n Se'n bald, Mister«, sagte er endlich.

»Sehr wohl, Sir«, bekräftigte Mister Ayers, und atmete leichter. Er erhob seine Stimme: »Yo- –«. Brach ab, etwas schafsmäßig; erinnerte sich; und erholte sich dann wieder.

Der Chefingenieur besah ihn mit bösartigem Wohlgefallen. »Müssn sich Ihrn Whisky zunächs'elber holn, Mann«, krächzte er.

Und der nächste Tag brachte wiederum seine eigentümlichen Plagen mit sich. Während Mister Ayers schon die Vorbereitungen dazu traf, den Aufwärter auf hoher See beizusetzen, ließ sich eine Deputation der Mannschaft bei ihm melden. Sie waren ganz ruhig hinsichtlich der Affäre, nichts von Aufgeregtsein oder Getue; etwas zu ruhig eher. Yo-Ho müsse, wie es sich gehöre, an Land begraben werden.

Mister Ayers versuchte zuerst seine gewöhnliche Methode, er raste und brüllte auf sie ein; dann versuchte er's mit Logik; dann mit Schmeichelei. Sie blieben unerschütterlich; und Mister Ayers, wie er in die ruhevollen, undurchdringlichen Gesichter schaute, sah dort etwas, das ihm zu denken gab. Im Asiatentum ist ja etwas Ewiges; etwas gleichzeitig elastisches und felsenhaftes, an dem das kurzfristige Gedonnere des Europäers, seine methodisch-leidenschaftliche Geschäftigkeit, abprallen wie Wind. Yo-Ho mußte in fester Erde ruhen: Aus: Ende. Oder war es doch nicht das Ende? Mister Ayers – mit rauh geschrieener Kehle, der Unbestrittenheit seiner Herrenrolle übersatt; voller denn je der Überzeugung von der eigenen rassischen Überlegenheit. Mister Ayers blickte von einem stillen Gesicht zum anderen, ausdruckslos waren sie und unerreichbar wie ebensoviele Götzenbilder; und Mister Ayers spürte, wie irgendwo in seinem Innern irgendetwas kalt wurde. Er brachte sein Problem vor den Kapitän.

Der Kapitän kannte seinen Osten. Seine einzige Antwort bestand darin, in seinem einheimischen Cymric zu fluchen: auf Mister Ayers; den toten Aufwärter; das Meer; dies ganze windige Gespinst einer Zivilisation, die Schiffe erfunden hatte, und Männer darauf zur See fahren ließ.

»Wir werden rasch etwas unternehmen müssen, Sir«, fügte Mister Ayers noch, seltsam demütig, hinzu: »In diesen Breiten hier, dürfte er sich nicht lange halten.«

Der Kapitän, dessen Bart mehr denn je einer Explosion glich, verfluchte Mister Ayers noch einmal auf Keltisch. Eine Weile später folgte ihm ein geläuterter und stillerer Mister Ayers auf die Brücke.

Und also geschah es, daß ein Schiff, mit einer wertvollen

Ladung an Bord, ein Schiff von 12.000 Tonnen, für das 39 Mann Besatzung erforderlich waren; daß dieses Schiff den Kurs änderte, und 3 Tage lang auf die nächste Küste zuhielt, um dort 1 toten Chinesen an Land zu setzen. Und es hatte sehr den Anschein, zu einem veritablen Wettrennen auszuarten; denn, wie Mister Ayers bereits sehr richtig bemerkt hatte: in diesen Breiten, in Äquatornähe ...

Mister Ayers Läuterung hielt zwar über Nacht an. Dann aber möbelte er seine Unbescholtenheit auf, erhöhte seine Weiße-Manns-Überlegenheit noch mit Whisky, platzte dergestalt am nächsten Morgen auf Deck, und versuchte so intensiv wieder Er-Selbst zu sein, daß er es übertrieb. Aber gegenüber diesem Wall aus asiatisch–beschaulicher Ruhe, aus Erfülltsein mit etwas, das weit-weit älter war als Mister Ayers pilzhaft flink aufgeschossene Zivilisation von gestern, überkam ihn wiederum dieses aufreizende Gefühl von Minderwertigkeit und Unsicherheit. Und immerfort, die ganze Zeit über, lag auf dem Vorschiff Yo-Ho, unter seiner über ihn gebreiteten Zeltbahn, vorn, am Bug, und ignorierte sie Alle. Ihm war es völlig gleich, was Mister Ayers darüber dachte. Mister Ayers verfügte sich in den Salon zurück, und stärkte sich mit einem Whisky-Soda.

Die DIANA schlingerte, und wälzte sich dahin. Ihnen zu Häupten sengten, endlos und schrecklich, die Tage; die Nacht schloß sich an, und brachte keine Milderung der Hitze. Mister Ayers barg sich, schwitzend und fluchend, in seiner Kabine, und zählte die Stunden, bis man den Leichnam los und das Schiff endlich wieder eine Welt der Vernunft werden würde, in der ein Mensch leben kann. Das hatte er nicht gedacht, daß 'n Eingeborenen umzulegen'n Menschen derart würde nervös machen können. Aber Yo-Ho schien 1 Teil von ihm geworden, Yo-Ho lag tot auf der Back, und lachte sich gewissermaßen selbst aus. Nicht lange, und Yo-Ho wurde zum Alptraum nicht nur Mister Ayers'; auf Anordnung des Kapitäns transportierte man ihn nach hinten, auf Achterdeck. In diesen Breiten nämlich, in Äquatornähe, nich wahr ...

Und das Schiff zog dahin. Und Yo-Ho schlief an der Seite seiner Ahnen in ihrem wirklichen Himmlischen Reich. Und eines Nachts schlich sich Mister Ayers, trotz all seiner Schufttigkeit, in Richtung Reeling, und schleuderte den Knüttel, den er in seiner humorvollen Art »des Bootsmanns Angetraute« nannte, weit, weit in die Dunkelheit hinaus. Das Schiff zog dahin.

Endlich bekamen sie Land zu Gesicht, und gerade noch zur rechten Zeit; ein Eiland, Kambodscha Point, dem südlichsten Kap des Festlandes von Siam, vorgelagert. Und hier stand neuerlich, obwohl körperlos wie ein Nebel, die Kompromißlosigkeit des Ostens auf gegen den Westen und dessen Zivilisation und Disziplin. Sie mußten Alle, geschlossen, an Land gehen, um Yo Ho zu verabschieden. Der Kapitän besah sich seine gelbe ungerührte Mannschaft einen Augenblick lang; dann beorderte er den ersten und zweiten Offizier als Delegierte mit, und zog sich selbst fluchend in seine Kabine zurück. Der Chefingenieur und einer seiner Trabanten schlossen sich der Gesellschaft um des Landausflugs willen an. –

Hier war ein Dorf. Man beschaffte sich vom Vorsteher einen Karren mit dem dazugehörigen Ochsen; während zahllose Kinder, nackt und blank wie Pennies, auftauchten, wortlos wie Tiere, und sie ohne jede Aufdringlichkeit anstarrten, wie Kinder pflegen. Yo Ho's Vettern und Freunde luden ihn auf den Karren und stellten 2 Weidenkörbe neben ihn; dann setzte sich die Prozession in Bewegung: die 4 weißen Männer marschierten auf der Luv-Seite des Karrens, die Chinesen folgten ihm.

Die Sonne war ebenfalls kompromißlos und rot wie das Maul eines Hochofens; als der Strand erst einmal hinter ihnen lag, und sie sich unter dem undurchdringlichen Laubdach der Baumriesen befanden, wurde die Hitze schlechthin grausig. Mister Ayers blickte nach hinten, auf die schweigsamen, nicht schwitzenden Chinesen, und wischte sich, neidvoll und entrüstet, das blühende glühende Antlitz. Sie folgten, die Augen zu Boden gerichtet, gelehrig, lenksam, sie trotteten und trotteten – Mister Ayers tat noch 1 Fluch, und bestieg dann den Karren: wenn er diese verdammte Angelegenheit doch bloß erst mal hinter sich hätte! Seine 3 Gefährten folgten dem Beispiel; und dann machte der Assistent des Ingenieurs die Entdeckung. »Ho, kuckt ma hierher!« rief er aus. Sie kuckten –: in einem der Weidenkörbe war Speise für Yo Ho; in dem anderen 2 Flaschen Whisky, die ihm ins Grab mitgegeben werden sollten, daß er beim Erwachen im Jenseits nicht Hunger leide oder auch nicht zu arm sei, um dort Geschenke machen zu können, wie es wünschenswert ist.

Mister Ayers empfand Gewissensbisse – wirklich, die ganze Angelegenheit hatte ihn vollkommen aus dem Gleichgewicht gebracht. Aber die Andern brachten ihn unschwer wieder hinein. Wie der Chefingenieur, in einer seiner raren Anwandlungen von Gesprächigkeit, es formulierte: »Wolln Se mir mein leibliches Kind vorenthalten?«; und schon verstopfte er sich sein Wallnußgesicht mit einem Flaschenhals.

»Wer fragt nach 1 albernen Eingebor'nen?« unterstützte ihn sein Assistent, und trank seinerseits.

Als dann die zweite Flasche geleert war, schrieen sie Alle durcheinander und sangen. Tiefer sank die Sonne und war noch hochroter geworden, und im Dschungel bereitete sich die Drohung der Nacht vor, schwer und massiv wie eine schwarze Wolldecke.

»W'wer'n noch mehr Whisky heut Nacht brauchen«, unterbrach der Ingenieur sich selbst. Die Wahrheit solcher Bemerkung lag nur allzuklar auf der Hand; und sie hielten in ihrem Gesang inne, um einander anzustarren.

»O, 's'ss nich schlimm«, versicherte ihnen der Satellit des Ingenieurs: »Freddie'ss der Mann dazu, sein' Kumpln Whisky zu beschaffn, was Junge?«

»Deuwel auch«, sagte Mister Ayers, »wie soll ich hier wohl Whisky beschaffen können?«. Er besah sich den Dschungel mitsamt dem schmalen, darin ausgehauenen Pfad. Hinter ihnen trotteten unermüdlich die Chinesen.

»Ja, wo soll man hier wohl welchen her kriegen?« Mister Ayers stellte seine Augen auf scharf ein und starrte. »Bei'm Chines'n gefundn, war's nich so?«

Natürlich. Ganz klarer Fall. Und da waren ja – Mister Ayers visierte noch einmal nach hinten – buchstäblich Tausende von Denen, und trotteten, trotteten, trotteten, unermüdlich.

»Wißt Ihr was«, sagte Mister Ayers unvermittelt, »haltet doch ma'n Augenblick an, ja? Ich spring bloß rasch nach hintn, und schlag noch'n Chinesn tot: dann gibt's ja mehr Whisky«, erläuterte er, und schwang sich hinunter.

»Ho, wir wollen Jeder 1 totschlagen«, verbesserte der zweite Offizier. »Schafft mehr, wenn wir schon einmal dabei sind.«

Sie sprangen vom Wagen ab. Ebenso plötzlich hielten die Chinesen an, und standen zusammengedrängt.

»Vorsicht, jetz'«, zischte Mister Ayers mahnend. »Daß wir sie nich erschrecken; sonst klettern se uns noch auf die Bäume, wißt Ihr?«

Die Chinesen standen und ließen die Weißen Männer nicht aus den Augen, wie sie mit gespielter Sorglosigkeit sich ihnen näherten. Auf einmal aber sprang der Assistent des Ingenieurs, in dem ohne Zweifel sportliche Gefühle die Oberhand gewannen, mit einem blutdürstigen Schrei vorwärts. Die Andern hinter her; aber zu spät: Das Wild war zwischen die Bäume verdunstet, lautlos wie Nebel. Die Verfolger aber waren nicht unkühn. Der Trabant des Ingenieurs heulte auf: »Verduftet!«, und stürzte blökend hinter drein; und alle 4 Weißen, voller Jägerlust, stolperten und stürzten durchs Unterholz, und rafften sich wieder hoch, und brüllten und schrieen; und dann und wann scholl das »Verduftet!« des Assistenten klagend und vergeblich aus dem Schweigen des myriadenalten Dschungels. Sie fanden nicht 1 der Chinesen mehr. Die ganze Meute schien in nichts zergangen, wie Schattengestalten.

Die Dunkelheit hatte bereits eingesetzt, als sie, Einer nach dem Andern, sich wieder zur Straße durchkämpften. Jetzt drängten auch sie sich dichter aneinander, und dämpften die Stimmen und selbst ihre Atemzüge, als plötzlich, ein schwarzer Vorhang, die Tropennacht niedersank, und große heiße Sterne fast vor ihren Nasen lautlos aufflammten. Der Rausch war ihnen gänzlich vergangen.

Sie zündeten Streichhölzer an, und untersuchten bei deren Schein den Pfad – keine Fährte: der Karren mußte sich folglich zwischen ihnen und dem Strand befinden. Also schlugen sie den Rückweg dahin ein, und schritten rasch aus, indem sie sich nach dem helleren Streifen oben zwischen den Baumkronen richteten. Dann und wann stolperte Einer, und riß sich fluchend wieder hoch, und rannte, um den Anschluß an die Andern nicht zu verlieren, und erfuhr die Furcht vor dem lautlosen Nichtsum. Als sie endlich (nach wieviel Stunden, entzog sich ihrer Schätzung) ein schwaches Licht erblickten, fingen sie beinahe an zu rennen. Es war das Dorf. Dann vernahmen sie auch die Brandung, und sahen das bleiche Fosforeszieren des Meers, und, langsam gewiegt, die Lichter der DIANA.

Unversehens ragte etwas dunkel vor ihnen auf; es war der Karren mitsamt dem Ochsen, der, gemächlich wiederkäuend, in seiner Deichselgabel stand. Mister Ayers stieß einen lauten Ruf aus; und von irgendwoher, dicht vor seinen Füßen, erwiderte die Stimme des Bootsmannes mit leisem Tadel: »All-light, Mlister.« Mister Ayers riß 1 Streichholz an.

Gelassen vor ihm im Staube hockte die gesamte Mannschaft und erwartete höflich, was dem Weißen Mann als Nächstes belieben würde. Der Bootsmann erhob sich, und seine Leute folgten dem Beispiel, lautlos wie die Fledermäuse.

»Mlisser nich komm: Boot nich fahr'n«, erläuterte der Bootsmann. »Mlisser jetz komm: Boot fahrn all-light.«

Noch einmal strich Mister Ayers ein Streichholz an, und leuchtete in den Karren – es war überflüssig, denn der Karren war leer.

William Faulkner im Diogenes Verlag

Das Gesamtwerk in 29 Bänden:

Brandstifter
Erzählungen. Aus dem Amerikanischen von Elisabeth Schnack. detebe 20040

Eine Rose für Emily
Erzählungen. Deutsch von Elisabeth Schnack. detebe 20041

Rotes Laub
Erzählungen. Deutsch von Elisabeth Schnack. detebe 20042

Sieg im Gebirge
Erzählungen. Deutsch von Elisabeth Schnack. detebe 20043

Schwarze Musik
Erzählungen. Deutsch von Elisabeth Schnack. detebe 20044

Die Unbesiegten
Roman. Deutsch von Erich Franzen detebe 20075

Sartoris
Roman. Deutsch von Hermann Stresau detebe 20076

Als ich im Sterben lag
Roman. Deutsch von Albert Hess und Peter Schünemann. detebe 20077

Schall und Wahn
Roman. Deutsch von Elisabeth Kaiser und Helmut M. Braem. detebe 20096

Absalom, Absalom!
Roman. Deutsch von Hermann Stresau detebe 20148

Go down, Moses
Chronik einer Familie. Roman. Deutsch von Hermann Stresau und Elisabeth Schnack. detebe 20149

Der große Wald
Vier Jagdgeschichten. Deutsch von Elisabeth Schnack. detebe 20150

Griff in den Staub
Roman. Deutsch von Harry Kahn detebe 20151

Der Springer greift an
Kriminalgeschichten. Deutsch von Elisabeth Schnack. detebe 20152

Soldatenlohn
Roman. Deutsch von Susanna Rademacher detebe 20511

Moskitos
Roman. Deutsch von Richard K. Flesch detebe 20512

Wendemarke
Roman. Deutsch von Georg Goyert detebe 20513

Die Freistatt
Roman. Deutsch von Hans Wollschläger, Vorwort von André Malraux. detebe 20802

Licht im August
Roman. Deutsch von Franz Fein detebe 20803

Wilde Palmen und Der Strom
Doppelroman. Deutsch von Helmut M. Braem und Elisabeth Kaiser. detebe 20988

Die Spitzbuben
Roman. Deutsch von Elisabeth Schnack. detebe 20989

Eine Legende
Roman. Deutsch von Kurt Heinrich Hansen. detebe 20990

Requiem für eine Nonne
Roman in Szenen. Deutsch von Robert Schnorr. detebe 20991

Das Dorf
Roman. Deutsch von Helmut M. Braem und Elisabeth Kaiser. detebe 20992

Die Stadt
Roman. Deutsch von Elisabeth Schnack detebe 20993

Das Haus
Roman. Deutsch von Elisabeth Schnack detebe 20994

New Orleans
Skizzen und Erzählungen. Deutsch von Arno Schmidt. detebe 20995

Briefe
Nach der von Joseph Blotner edierten amerikanischen Erstausgabe von 1977, herausgegeben und übersetzt von Elisabeth Schnack und Fritz Senn. detebe 20958

Über William Faulkner
Aufsätze und Rezensionen von Malcolm Cowley bis Siegfried Lenz. Mit Essays und Zeichnungen und einem Interview mit William Faulkner. Chronik und Bibliographie. Herausgegeben von Gerd Haffmans. detebe 20098

Außerdem liegen vor:

Stephen B. Oates
William Faulkner
Sein Leben. Sein Werk. Deutsch von Matthias Müller. Mit vielen Fotos, Werkverzeichnis, Chronologie und Register. Leinen

Joseph L. Fant & Robert Ashley
Faulkner in West Point
Die Entwicklung der amerikanischen Ideale im Spiegel der amerikanischen Literatur
Deutsch von Elisabeth Schnack. Broschur

Stephen B. Oates
William Faulkner
Sein Leben. Sein Werk
Aus dem Amerikanischen von
Matthias Müller. Leinen

Mit dieser ersten umfassenden Lebensbeschreibung William Faulkners, die für einen breiten Leserkreis geschrieben ist, hat der preisgekrönte Autor Stephen B. Oates ein biographisches Meisterwerk vorgelegt: ein sorgfältig recherchiertes, brillant geschriebenes Buch, auf dessen Seiten sich das außergewöhnliche und bewegte Leben dieses Riesen der amerikanischen Literatur entfaltet.
Oates' eindringliches Porträt fängt Faulkner mit all seiner Komplexität und Widersprüchlichkeit ein. *William Faulkner* ist eine mitreißend und virtuos erzählte Biographie. Wir erleben Faulkners Seelenqualen, seine Wut, seinen Kummer, seinen Humor, seine Einsamkeit und seine künstlerische Entwicklung vom jungen Dichter zum Träger des Nobelpreises und zu einem der größten amerikanischen Dichter.

»Sehr zufriedenstellend, sogar romantisch und sehr spannend.« *The New York Times*

»Mit beträchtlichem erzählerischem Können ortet Oates die finsteren turbulenten Strömungen in Faulkners Leben, und sein detailgetreuer Bericht dieses großen und tragischen Lebens läßt keinen Leser ungerührt.« *Chicago Tribune*

Joseph L. Fant & Robert Ashley

Faulkner in West Point

Die Entwicklung der amerikanischen Ideale
im Spiegel der amerikanischen Literatur
Aus dem Amerikanischen von
Elisabeth Schnack. Leinen

Am 19. und 20. April 1962 besuchte William Faulkner die amerikanische Militärakademie West Point – es war Faulkners letzter großer öffentlicher Auftritt vor seinem Tod.

Am ersten Tag las Faulkner aus seinem Roman *Die Spitzbuben* (detebe 20989), der erst Ende jenes Jahres erschien, und stellte sich nach der Lesung den Kadetten der Akademie zur Diskussion. Am nächsten Tag folgte eine Diskussion im Rahmen eines Seminars zum Thema *Die Entwicklung der amerikanischen Ideale im Spiegel der amerikanischen Literatur.* Ausführlich wie selten zuvor äußerte sich Faulkner zu seinem Selbstverständnis als Schriftsteller, zu Fragen der amerikanischen Literatur, zur Weltpolitik ebenso wie zu Fragen der amerikanischen Innenpolitik, etwa zur Frage der Gleichberechtigung der Rassen in den Südstaaten.

Die Diskussionsprotokolle werden ergänzt durch die Rede Faulkners zur Verleihung des Nobelpreises sowie durch zahlreiche Fotos.

»Faulkner ist eine der wenigen großen schöpferischen Begabungen des Westens.« *Albert Camus*

Carson McCullers im Diogenes Verlag

Die Ballade vom traurigen Café

Novelle. Aus dem Amerikanischen
von Elisabeth Schnack
detebe 20142

»Alle Eigenheiten des Werks der Carson McCullers sind in der *Ballade* zur Vollendung entwickelt. Es ist, als habe ihre Dichtung nunmehr die wahre Gestalt gefunden. Die hitzegedörrte Kleinstadt, die kannibalische Sonne, die Baumwollspinnerei, die Café-Bar – all das erreicht hier die Kulmination. – Das tragische Dreieckgeschehen zwischen Miss Amalia, dem Buckligen und dem Zuchthäusler Marvin Macy rührt an die elementaren Bedingungen der menschlichen Existenz.«
Dieter Lattmann

»In dieser Geschichte ist etwas von der Beschwörungs- und Verwandlungskraft der Poesie zurückgewonnen, die Beteiligung einfach erzwingt.«
Peter Kliemann

Das Herz ist ein einsamer Jäger

Roman. Aus dem Amerikanischen
von Susanna Rademacher
detebe 20143

»Der Roman spielt im Staat Georgia, in einer häßlichen heißen Industriestadt. Personen erfindet sie mit Hilfe der Erinnerung; ihr mitleidiges Engagement gilt den Sonderlingen, die in diesen öden merkantilen Städten geradezu als Mißgeburten gelten, weil sie nicht zu den anderen passen, nicht mitmachen in deren Alltag... Was simpel erscheinen mag, ist Methode: ohne Interpretation indirekt darzustellen. Daß angelsächsische Autoren erstaunlicherweise genau das erreichen, was sie beabsichtigt haben, bewies bereits mit ihrem ersten Buch Carson McCullers, von der V. S. Pritchett sagte: ›Wie alle genialen Dichter überzeugt sie uns davon, daß wir im Leben etwas übersehen haben, was ganz offenkundig vorhanden ist. Sie hat das unerschrockene „goldene Auge".‹« *Gabriele Wohmann*

Frankie

Roman. Aus dem Amerikanischen
von Richard Moering
detebe 20145

Frankie ist die Geschichte eines Reifeprozesses und einer großen Sehnsucht. Es ist die Sehnsucht eines heranwachsenden Mädchens, dabeizusein. Dabei: beim Leben der Erwachsenen, im speziellen Falle auf der Hochzeit des Bruders, der unbegreiflicherweise entführt wird von einer fremden, nicht einmal viel älteren Frau. Frankies Ruf, der unerhört dem abreisenden Paar nachhallt, ist der Ruf des verzweifelten ›Nehmt mich mit!‹, den jedes alleingelassene Kind kennt.

»In diesem Kindmädchen verkörpert sich zweifellos die poetische Kernsubstanz des ganzen Werkes von Carson McCullers. Mit Recht hat man *Frankie* als ebenbürtig neben Salingers *Fänger im Roggen* gestellt...« *Gerd Fuchs*

Spiegelbild im goldnen Auge

Roman. Aus dem Amerikanischen
von Richard Moering
detebe 20144

»Es gibt in einem der Südstaaten ein Fort, wo vor einigen Jahren ein Mord geschah. An dieser unglücklichen Begebenheit waren beteiligt: zwei Offiziere, ein Soldat, zwei Frauen, ein Filipino und ein Pferd.«
Carson McCullers

»Carson McCullers geht an Čechovs Hand durch Georgia... Der scheinbare Report ist ein Sinnbild für die nüchterne Deskription seelischer Entblößungen; Sinnbild, das nicht für etwas anders steht, sondern auf es hinweist: auf die häßliche, gräßliche Realität und unsere Einsamkeit.« *Helmut M. Braem*

Uhr ohne Zeiger

Roman. Aus dem Amerikanischen
von Elisabeth Schnack
detebe 20146

»Carson McCullers hat in ihrem letzten Roman versucht, den Tod gewissermaßen zu einer eigenen Angelegenheit zu machen, zu einer Wirklichkeit, die uns persönlich betrifft, zu einem unabwendbaren Vorgang, der für den einzelnen allgegenwärtig ist und zu einer übergreifenden Wahrheit wird, in der er sich wiederfindet. Dieser einzelne ist hier der Apotheker Malone, dem von seinem Arzt die Wahrheit eröffnet wird, daß sein durchschnittliches Dasein nur noch ein gutes Jahr dauern kann – ohne Zweifel eine naheliegende Modellsituation, in der man zur Bilanz eingeladen, angehalten wird. Wie nimmt Malone diese Eröffnung auf, wie reagiert er auf sie, wie erträgt er sie? Das ist das Thema dieses ruhigen, eindringlichen Romans... Das Außergewöhnliche wird am Gewöhnlichen dargestellt. Carson McCullers ist eine Autorin, die mit anscheinend müheloser Sicherheit die Hauptsache in der Nebensache findet. Dadurch kommt sie einer verdeckten Wirklichkeit in empfindlicher Weise nahe; sie macht Begebenheiten erfahrbar und erfaßbar, die sich tief unter der Oberfläche ereignen.« *Siegfried Lenz*

Madame Zilensky und der König von Finnland

Erzählungen. Aus dem Amerikanischen
von Elisabeth Schnack
detebe 20141

»Die McCullers vermittelt kein Anliegen, keine Moral, keine didaktischen Absichten; sie erzählt in einer sub-

tilen, nuancenreichen Sprache vom Leben im amerikanischen Süden. Alle Probleme breitet sie vor uns aus – aber das geschieht unauffällig, menschlich, sie sind künstlerisch integriert. Nicht von Mitleid, von Mit-Leidensfähigkeit ist ihre Prosa durchtränkt, das überträgt sich auch auf den Leser, der sich diesem eigenartigen Zauber auch heute nicht entziehen kann. Mit ihren Augen sehen wir Amerika genauer.«
Horst Bienek

»Das Land ihrer Kindheit mustert Carson McCullers nicht anders als am Anfang: protestierend.«
Der Spiegel, Hamburg

Wunderkind

Erzählungen. Aus dem Amerikanischen
von Elisabeth Schnack
detebe 20140

»Es gibt Schriftsteller, die erfinden große Grausamkeiten, um unseren Zustand zu schildern. Das gerät gern ins Schönliche. Carson McCullers verherrlicht nicht. Sie erfindet keine dekorativen Bestien. Sie lenkt nicht ab vom Befund. Sie zeigt: die großen Grausamkeiten sind die alltäglichen.« *Martin Walser*

»Sie ist ein Wanderer mit einem Rucksack voll selbsternannter Dämonen.« *Truman Capote*

Shirley Jackson im Diogenes Verlag

Wir haben schon immer im Schloß gelebt

Roman. Aus dem Amerikanischen von
Anna Leube und Anette Grube

Wie man einen Hexentrank braut:
Man nehme
»eine seltsame, gruselige Geschichte und die Zutaten
Haß und Angst in verzauberter Umgebung«*
Dann füge man hinzu
»zwei Schwestern, in psychotischer Einsamkeit mit
einem alten Onkel in einem großen Haus
auf einem Hügel«**
Und schmecke ab mit
»einem Hauch sanften Wahnsinns und einer ganz
speziellen Art von Zauberei und Verführung«***
Resultat
dieses Buch, ein Gebräu aus unwiderstehlichem
Grausen und anhaltender Faszination,
das garantiert *Sie* zum nächsten Opfer macht.
**Publishers Weekly* ***Newsweek*
*** *Virginia Kirkus Bulletin*

»Das Buch geht unter die Haut. Die gespenstische Atmosphäre, in der die beiden Schwestern und der halbverrückte Onkel leben, ist so beklemmend geschildert, daß man von der Lektüre nicht mehr loskommt, bis man endlich die letzte Seite erreicht hat.«
Frankfurter Rundschau

Die Teufelsbraut

25 dämonische Geschichten. Deutsch
von Anna Leube und Anette Grube

Die Teufelsbraut oder *Die Abenteuer des James Harris*, wie dieser Band auch heißen könnte, ist eine Sammlung kurzer, merkwürdiger Geschichten über die dunkle Seite der menschlichen Natur. Geschichten über Wahnsinn, unglückliche Liebe und Angst, beklemmend leise und alle auf rätselhafte Weise zusammenhängend – von der ersten bis zur berühmten letzten *Die Lotterie* jede ein kunstvolles, behexendes Meisterwerk.

»Die Elemente der klassischen Schauergeschichte mischt sie geschickt mit den Erkenntnissen der modernen Psychologie. Man möchte noch viel mehr von ihr lesen.« *Frankfurter Allgemeine Zeitung*

»In Shirley Jacksons Büchern gibt es weder Roheit noch Brutalität, keine wirklichen Schurken und keine echten Engel. Auf ganz leisen Katzenpfoten kommt das Grauen, und nur kurz hebt sich der Nebel über der Grenze zwischen sanftem Wahn und harter Wirklichkeit. Die Erzählungen sind erstaunlich.«
Brigitte, Hamburg

»Sie wurde zu Recht mit dem Edgar-Allan-Poe-Preis ausgezeichnet.« *Süddeutsche Zeitung, München*

Louis Armstrong im Diogenes Verlag

Louis Armstrong

Eine Biographie von James L. Collier. Aus dem Amerikanischen von Theo Kierdorf. detebe 21908

»Obwohl Armstrong unbestritten als einer der bedeutendsten Musiker unseres Jahrhunderts bezeichnet werden kann und immer reichlich über ihn geschrieben wurde: eine seriöse Biographie gab es bisher noch nicht. James Lincoln Collier, der selbst als Jazzmusiker tätig war, zeichnet den Lebensweg Armstrongs mit liebevoller Akribie nach. Collier gelang es, ein spannendes, hochinteressantes Buch zu schreiben, das sich gut liest. Summa summarum eine informative Biographie, die gleichzeitig ein pralles Stück Zeitgeschichte enthält.« *Neue Zeitschrift für Musik, Mainz*

Mein Leben in New Orleans

Autobiographie. Aus dem Amerikanischen von Hans Georg Brenner. detebe 20359

Der König des Jazz erzählt die Story seines Lebens: von seiner keineswegs majestätischen Kindheit in den Neger-Slums von New Orleans; von der Kindheit des Jazz in den Hafen- und Huren-Kneipen; von der Prohibitions-Ära und den großen Gangster-Gangs; von den sagenhaften Veteranen des Jazz.
Ein einzigartiges, drastisch unliterarisches Dokument der Subkultur- und damit Kulturgeschichte Amerikas.

»Louis setzte die goldene Trompete an seine Lippen und blies. Er blies einen einzigen mächtigen Ton. Die Tränen traten ihm in die Augen, der Schweiß rann ihm hinunter. Er hatte das Gefühl, daß er der ganzen Welt Friede und Freude bringe.«
Henry Miller/›Der Koloß von Maroussi‹

F. Scott Fitzgerald im Diogenes Verlag

Der große Gatsby
Roman. Aus dem Amerikanischen von Walter Schürenberg. detebe 20183

Der letzte Taikun
Roman. Deutsch von Walter Schürenberg detebe 20395

Pat Hobby's Hollywood-Stories
Erzählungen. Übersetzt und mit Anmerkungen von Harry Rowohlt. detebe 20510

Der Rest von Glück
Erzählungen. Deutsch von Walter Schürenberg. detebe 20744

Ein Diamant – so groß wie das Ritz
Erzählungen 1922–1926. Deutsch von Walter Schürenberg, Elga Abramowitz und Günter Eichel. detebe 20745

Der gefangene Schatten
Erzählungen 1926–1928. Deutsch von Walter Schürenberg, Anna von Cramer-Klett, Elga Abramowitz und Walter E. Richartz detebe 20746

Die letzte Schöne des Südens
Erzählungen. Deutsch von Walter Schürenberg, Elga Abramowitz und Walter E. Richartz. detebe 20747

Wiedersehen mit Babylon
Erzählungen aus dem Verlorenen Jahrzehnt 1930–1940. Deutsch von Walter Schürenberg, Elga Abramowitz und Walter E. Richartz detebe 20748

Zärtlich ist die Nacht
Roman. Neu übersetzt von Walter E. Richartz und Hanna Neves. detebe 21119

Das Liebesschiff
Erzählungen. Deutsch von Christa Hotz und Alexander Schmitz. detebe 21187

Der ungedeckte Scheck
Erzählungen 1931–1935. Deutsch von Christa Hotz und Alexander Schmitz. detebe 21305

Meistererzählungen
Ausgewählt und mit einem Nachwort von Elisabeth Schnack. Deutsch von Walter Schürenberg, Anna von Cramer-Klett und Elga Abramowitz. detebe 21583

Dashiell Hammett im Diogenes Verlag

Der Malteser Falke
Roman. Aus dem Amerikanischen von Peter Naujack. detebe 20131

Rote Ernte
Roman. Deutsch von Gunar Ortlepp detebe 20292

Der Fluch des Hauses Dain
Roman. Deutsch von Wulf Teichmann detebe 20293

Der gläserne Schlüssel
Roman. Deutsch von Hans Wollschläger detebe 20294

Der dünne Mann
Roman. Deutsch von Tom Knoth detebe 20295

Fliegenpapier
Detektivstories I. Deutsch von Harry Rowohlt, Helmut Kossodo, Helmut Degner, Peter Naujack und Elizabeth Gilbert. Vorwort von Lillian Hellman. detebe 20911

Fracht für China
Detektivstories II. Deutsch von Elizabeth Gilbert, Antje Friedrichs und Walter E. Richartz. detebe 20912

Das große Umlegen
Detektivstories III. Deutsch von Walter E. Richartz, Hellmuth Karasek und Wulf Teichmann. detebe 20913

Das Haus in der Turk Street
Detektivstories IV. Deutsch von Wulf Teichmann. detebe 20914

Das Dingsbums Küken
Detektivstories V. Deutsch von Wulf Teichmann. Nachwort von Prof. Steven Marcus. detebe 20915

Meistererzählungen
Ausgewählt von William Matheson. Deutsch von Wulf Teichmann, Walter E. Richartz und Elizabeth Gilbert. detebe 21722

Außerdem liegt vor:

Diane Johnson
Dashiell Hammett
Eine Biographie. Aus dem Amerikanischen von Nikolaus Stingl. Mit zahlreichen Abbildungen. detebe 21618

Raymond Chandler im Diogenes Verlag

Die besten Detektivstories
Aus dem Amerikanischen von Hans Wollschläger. Diogenes Evergreens

Der große Schlaf
Roman. Aus dem Amerikanischen von Gunar Ortlepp. detebe 20132

Die kleine Schwester
Roman. Deutsch von Walter E. Richartz
detebe 20206

Das hohe Fenster
Roman. Deutsch von Urs Widmer
detebe 20208

Der lange Abschied
Roman. Deutsch von Hans Wollschläger
detebe 20207

Die simple Kunst des Mordes
Briefe, Essays, Notizen. Herausgegeben von Dorothy Gardiner und Kathrine Sorley Walker. Deutsch von Hans Wollschläger
detebe 20209

Die Tote im See
Roman. Deutsch von Hellmuth Karasek
detebe 20311

Lebwohl, mein Liebling
Roman. Deutsch von Wulf Teichmann
detebe 20312

Playback
Roman. Deutsch von Wulf Teichmann
detebe 20313

Mord im Regen
Frühe Stories. Vorwort von Philip Durham. Deutsch von Hans Wollschläger
detebe 20314

Erpresser schießen nicht
Gesammelte Detektivstories I. detebe 20751

Der König in Gelb
Gesammelte Detektivstories II. detebe 20752

Gefahr ist mein Geschäft
Gesammelte Detektivstories III. detebe 20753
Alle drei Bände deutsch von Hans Wollschläger

Englischer Sommer
Geschichten, Parodien, Sprüche, Essays. Mit einem Vorwort von Patricia Highsmith, Zeichnungen von Edward Gorey und einer Erinnerung an den Drehbuchautor Chandler von John Houseman. Deutsch von Hans Wollschläger, Wulf Teichmann u.a.
detebe 20754

Meistererzählungen
Deutsch von Hans Wollschläger
detebe 21619

Außerdem liegt vor:

Frank MacShane
Raymond Chandler
Eine Biographie
Mit vielen Fotos. Deutsch von Christa Hotz, Alfred Probst und Wulf Teichmann
detebe 20960

O. Henry
im Diogenes Verlag

Gesammelte Geschichten in sechs Bänden
Aus dem Amerikanischen übersetzt von Annemarie und Heinrich Böll, Thomas Eichstätt, Wilhelm Höck, Wolfgang Kreiter, Theo Schumacher und Hans Wollschläger

Die klügere Jungfrau
Geschichten aus den Zyklen »Die vier Millionen« und »Die klügere Jungfrau«. Mit einem Vorwort von Cesare Pavese. detebe 20871

Das Herz des Westens
Geschichten aus den Zyklen »Das Herz des Westens« und »Die Stimme der Stadt«
detebe 20872

Der edle Gauner
Geschichten aus den Zyklen »Der edle Gauner« und »Zur Wahl«. detebe 20873

Wege des Schicksals
Geschichten aus den Zyklen »Wege des Schicksals« und »Wirbel«. detebe 20874

Streng geschäftlich
Geschichten aus den Zyklen »Streng geschäftlich« und »Sechser und Siebener«
detebe 20875

Rollende Steine
Geschichten aus den Zyklen »Rollende Steine« und »Strandgut«. Mit einem Nachwort von Heinrich Böll. detebe 20876